16	3	2	13
5	10	11	8
9	6	7	12
4	15	14	1

Coleção LESTE

Lev Tolstói

A SONATA A KREUTZER

Tradução, posfácio e notas
Boris Schnaiderman

editora 34

EDITORA 34

Editora 34 Ltda.
Rua Hungria, 592 Jardim Europa CEP 01455-000
São Paulo - SP Brasil Tel/Fax (11) 3811-6777 www.editora34.com.br

Copyright © Editora 34 Ltda., 2007
Tradução © Boris Schnaiderman, 2007

A FOTOCÓPIA DE QUALQUER FOLHA DESTE LIVRO É ILEGAL E CONFIGURA UMA APROPRIAÇÃO INDEVIDA DOS DIREITOS INTELECTUAIS E PATRIMONIAIS DO AUTOR.

Edição conforme o Acordo Ortográfico da Língua Portuguesa.

Título original:
Kréitzerova sonata

Imagem da capa:
Emil Nolde, Doppelbildnis, *1937, xilogravura (detalhe)*

Capa, projeto gráfico e editoração eletrônica:
Bracher & Malta Produção Gráfica

Revisão:
Alberto Martins

1ª Edição - 2007, 2ª Edição - 2010 (5ª Reimpressão - 2024)

CIP - Brasil. Catalogação-na-Fonte
(Sindicato Nacional dos Editores de Livros, RJ, Brasil)

Tolstói, Lev, 1828-1910
T724s A Sonata a Kreutzer / Lev Tolstói;
tradução, posfácio e notas de Boris Schnaiderman
— São Paulo: Editora 34, 2010 (2ª Edição).
120 p. (Coleção Leste)

ISBN 978-85-7326-390-9

Tradução de: Kréitzerova sonata

1. Literatura russa. I. Schnaiderman, Boris.
II. Título. III. Série.

CDD - 891.73

A SONATA A KREUTZER

A presente tradução se baseou na edição das *Obras reunidas* de L. N. Tolstói publicada em 1958-1959 pela Goslitizdát (Editora Estatal de Obras de Literatura) de Moscou.

"Eu, porém, vos digo: todo aquele que olha para uma mulher com desejo libidinoso já cometeu adultério com ela em seu coração." (*Mateus*, 5: 28)

"Os discípulos disseram-lhe: 'Se é assim a condição do homem em relação à mulher, não vale a pena casar-se'. Ele acrescentou: 'Nem todos são capazes de compreender essa palavra, mas só aqueles a quem é concedido. Com efeito, há eunucos que nasceram assim, do ventre materno. E há eunucos que foram feitos eunucos pelos homens. E há eunucos que se fizeram eunucos por causa do Reino dos Céus. Quem tiver capacidade para compreender, compreenda!'" (*Mateus*, 19: 10-2)[1]

[1] Conforme tradução de Theodoro Henrique Maurer Jr. para a edição brasileira da *Bíblia de Jerusalém* (São Paulo, Paulus, 2002, pp. 1.712 e 1.738). (N. do T.)

I

Isto foi no começo da primavera. Estávamos no segundo dia de viagem. Entravam no vagão e saíam dele os que perfaziam percurso limitado, mas havia três passageiros que, tal como eu, vinham desde a estação de partida: uma senhora feia e entrada em anos, fumante, de rosto sofredor, de sobretudo quase de homem e chapeuzinho; um conhecido desta, pessoa loquaz beirando os quarenta, com malas novas, cuidadosamente arrumadas; e um cavalheiro que ainda se mantinha isolado, de pequena estatura e movimentos bruscos, não muito velho, mas com cabelos crespos, que pareciam prematuramente grisalhos e com olhos extraordinariamente brilhantes, que saltavam rápidos de um objeto a outro. Usava sobretudo velho feito por um alfaiate caro, com gola de astracã, e um chapéu alto também de astracã. Quando ele desabotoava o sobretudo, via-se debaixo deste uma *podiovka*[2] e uma camisa russa bordada. Este cavalheiro tinha mais uma peculiaridade: de raro em raro, emitia sons estranhos, que lembravam pigarros ou riso interrompido.

No decorrer da viagem, esforçou-se em evitar todo convívio com os demais passageiros. Respondia lacônica e abruptamente às tentativas de conversa dos vizinhos, e ora lia, ora

[2] Espécie de túnica, franzida na cintura. (N. do T.)

fumava olhando a janela, ora, tendo retirado provisões da sua velha sacola de viagem, tomava chá ou fazia uma refeição ligeira.

Eu tinha a impressão de que lhe pesava a solidão, quis falar-lhe, mas, toda vez que os nossos olhos se encontravam, o que sucedia com frequência, pois estávamos sentados de frente, em diagonal, ele virava-se e apanhava o seu livro ou olhava a janela.

Durante uma parada, na tarde do segundo dia, numa grande estação, este cavalheiro nervoso foi buscar água fervente e preparou chá para si. Quanto ao senhor das malas novas, cuidadosamente arrumadas, um advogado, conforme fiquei sabendo depois, foi tomar chá na estação, com a sua vizinha, a dama fumante de sobretudo quase de homem.

Na ausência do cavalheiro e de sua dama, algumas pessoas novas entraram no vagão, e entre elas um velho alto, enrugado, de rosto barbeado, provavelmente um comerciante, com uma peliça de doninha e um boné de pano, com pala enorme. O comerciante sentou-se em frente do lugar ocupado pela senhora e pelo advogado, e logo travou conversa com um jovem, aparentemente caixeiro do comércio, que subira para o trem, também nessa estação.

Eu estava sentado obliquamente, e, com o trem parado, podia ouvir a conversa, nos momentos em que ninguém passava por mim. O comerciante disse, em primeiro lugar, que estava indo para a sua propriedade rural, e que esta ficava apenas à distância de uma estação; depois, como de costume, falou-se de preços, do comércio em Moscou, a seguir trataram da feira de Níjni-Nóvgorod.[3] O caixeiro pôs-se a contar as farras de um comerciante ricaço, que ambos conheciam, mas o velho não deixou que o outro terminasse e pôs-se a falar das farras de outrora em Kunávino, em que tomara par-

[3] Nessa cidade, efetuava-se importante feira anual. (N. do T.)

te. Parecia orgulhar-se dessa participação, e contou com evidente satisfação como, em companhia daquele mesmo conhecido seu, ambos bêbados, realizaram em Kunávino tamanha proeza que, para contá-la, era preciso baixar a voz; o caixeiro riu por todo o vagão, e o velho riu também, arreganhando dois dentes amarelos.

Não esperando ouvir nada de interessante, levantei-me, a fim de caminhar um pouco pela plataforma, até a partida do trem. À porta, encontrei o advogado e a dama, que falavam acaloradamente de algo, enquanto caminhavam.

— Não vai dar tempo — disse-me o comunicativo advogado. — Logo, será o segundo sinal.

E realmente, antes que eu chegasse ao fim dos vagões, ressoou o sinal. Quando voltei, prosseguia a conversa acalorada do advogado com a dama. O velho comerciante estava sentado em silêncio em frente deles, olhando diante de si com severidade e de raro em raro movendo os dentes com desaprovação.

— Então, ela declarou francamente ao esposo — dizia o advogado, com um sorriso, enquanto eu passava por ele — que não podia e não queria viver com ele, pois...

Continuou a contar algo que eu não pude distinguir. Depois de mim, passaram mais passageiros, o condutor, um operário de *artiel*[4] entrou correndo, e por bastante tempo perdurou um barulho devido ao qual não se ouvia a conversa. Quando tudo se aquietou e eu tornei a ouvir a voz do advogado, a conversa parecia ter passado de um caso particular para considerações gerais.

O advogado falava de como a questão do divórcio estava ocupando a opinião pública europeia e como, em nosso país, casos semelhantes apareciam cada vez com maior fre-

[4] Grupo reunido para trabalho em comum, e que atuava na base de divisão proporcional dos ganhos. Tais grupos eram frequentes na Rússia czarista. (N. do T.)

quência. Percebendo que a sua voz era a única a ouvir-se ali, interrompeu-se e dirigiu-se ao velho.

— Antigamente, isso não acontecia, não é verdade? — disse, com um sorriso agradável.

O velho quis responder-lhe, mas nesse momento o trem partiu, e, tirando o boné, ele começou a persignar-se, murmurando uma oração. O advogado desviou o olhar e esperou respeitoso. Concluída a oração, e tendo feito três vezes o sinal da cruz, o velho afundou o boné na cabeça, ajeitou-se melhor no assento e começou a falar.

— Isto acontecia também em outros tempos, meu senhor, mas com menos frequência — disse ele. — Nos dias de hoje, não se pode impedir que isto aconteça. As pessoas ficaram muito instruídas.

Avançando cada vez mais depressa, o trem reboava nas junções de trilhos, eu tinha dificuldade em ouvir a conversa, e, interessado nela, sentei-me mais perto. O meu vizinho, um cavalheiro nervoso, de olhos brilhantes, parecia também interessado, e, sem se erguer do lugar, ficou à escuta.

— Mas que mal faz a instrução? — disse a senhora, com um sorriso quase imperceptível. — Será melhor o casamento à antiga, quando os noivos não se conheciam sequer de vista? — prosseguiu, respondendo, a exemplo de muitas senhoras, não às palavras do seu interlocutor, mas àquelas que esperava dele. — Não sabiam se amavam, se podiam amar, as mulheres casavam-se com o primeiro que aparecia, e depois sofriam a vida inteira; na sua opinião, era melhor? — disse ela, dirigindo-se aparentemente a mim e ao advogado, e menos que tudo ao velho com quem estava conversando.

— As pessoas ficaram muito instruídas — repetiu o comerciante, olhando com desprezo para a senhora e deixando a sua pergunta sem resposta.

— Eu gostaria de saber como o senhor explica a relação entre a instrução e a incompatibilidade no matrimônio — disse o advogado, sorrindo quase imperceptivelmente.

O comerciante quis dizer algo, mas a senhora interrompeu-o.

— Não, este tempo já passou — disse ela. O advogado, porém, deteve-a:

— Não, deixe que ele expresse o seu pensamento.

— A instrução dá em besteira — disse decidido o velho.

— Promovem o casamento de pessoas que não se amam, e depois espantam-se quando eles não vivem em concórdia — apressou-se a dizer a senhora, olhando para o advogado, para mim e até para o caixeiro, que prestava atenção à conversa, sorrindo, soerguido em seu assento e apoiado no espaldar. — Só aos animais é que se pode acasalar, conforme a vontade do dono, as pessoas têm as suas inclinações, os seus afetos — disse ela, provavelmente querendo ferir o comerciante.

— Faz mal de falar assim, senhora — disse o velho —, os animais são uns brutos, e ao homem foi dada a lei.

— Sim, mas como viver com uma pessoa, quando não se tem amor? — continuou a senhora a apressar-se na expressão dos seus juízos, que lhe pareciam, provavelmente, muito originais.

— Antes, não se cuidava dessas coisas — disse o velho, com gravidade —, só agora é que elas aparecem. Sem mais aquela, uma mulher logo diz: "Vou deixar você". Entre os próprios mujiques, também já começou esta moda. "Toma", diz, "aí tem você as suas camisas e ceroulas, e eu vou com Vanka,[5] ele tem cabelo mais ondeado que o teu." E agora, trate de explicar as coisas. A mulher deve ter, em primeiro lugar, medo.

O caixeiro olhou para o advogado, para a senhora e para mim, provavelmente contendo um sorriso e pronto quer a ridicularizar, quer a aprovar as falas do comerciante, de acordo com a reação que elas suscitassem.

[5] Diminutivo de Ivan. (N. do T.)

— Mas, que medo? — disse a senhora.

— Ora: que tema o seu mari-i-do! Aí está que medo.

— Bem, meu paizinho, esse tempo já passou — disse a senhora, com certa raiva até.

— Não, minha senhora, este tempo não deve passar. Assim como Eva, a mulher foi criada de uma costela do marido, assim há de ficar até o fim dos tempos — disse o velho, sacudindo a cabeça tão severa e triunfalmente que o caixeiro decidiu no mesmo instante que a vitória coubera ao comerciante, e deu uma sonora gargalhada.

— Mas são vocês, homens, que argumentam assim — disse a senhora, não se rendendo e dirigindo um olhar para todos nós —, concederam a liberdade a vocês mesmos, e querem manter a mulher presa dentro de casa. Mas certamente permitem-se tudo.

— Ninguém dá a permissão, mas acontece que não adianta nada o homem dentro de casa, enquanto a mulher é um vaso frágil — continuou insinuando o comerciante.

O seu tom insinuante parecia estar vencendo os ouvintes, e a senhora até já estava se sentindo deprimida, mas não se rendia ainda.

— Sim, mas eu penso que o senhor vai concordar comigo que a mulher também é gente e tem sentimentos, como o homem. Bem, o que deve fazer então, se não ama o marido?

— Não ama! — repetiu o comerciante, ameaçador, depois de mover os lábios e as sobrancelhas. — Mas ela certamente acabará amando!

Este argumento inesperado agradou particularmente ao caixeiro, que emitiu um som aprovador.

— Mas não, ela não vai amar — disse a senhora —, e se não existe amor, não se pode obrigar ninguém a isto.

— Bem, e se a mulher enganar o marido, como será então? — disse o advogado.

— Isto não deve acontecer — replicou o velho —, é preciso cuidar para que não aconteça.

— E se acontecer, o que fazer então? Bem que acontece.

— Com alguns acontece, mas não conosco — disse o velho.

Todos silenciaram. O caixeiro se moveu, aproximou-se ainda mais dos interlocutores e, provavelmente não querendo atrasar-se em relação aos demais, começou com um sorriso:

— Sim, conheci também um bichão com quem saiu todo um escândalo. É muito difícil de julgar. Coube a ele também uma mulher dessas de maus costumes, e que desandou por aí. O rapaz era sério, instruído. A princípio, foi com um empregado de escritório. Ele procurou também convencê-la por bem. E ela não sossegou. Fazia tudo que era sujeira. Começou a roubar dinheiro dele. Bateu nela. Mas ela ia de mal a pior. Até, com o perdão da palavra, juntou os trapinhos com um não cristão, um judeu. O que podia fazer o nosso amigo? Abandonou-a de uma vez. E agora ele vive solteiro, enquanto ela anda por aí.

— Porque ele é um bobalhão — disse o velho. — Se no começo não a soltasse, mas encurtasse de verdade as rédeas, certamente ela ainda viveria com ele. Deve-se restringir a liberdade desde o começo. Não confies no cavalo no campo, nem na mulher em casa.[6]

Nesse ínterim, chegou o condutor, a fim de pedir as passagens para a próxima estação. O velho entregou a sua.

— Sim, deve-se de antemão encurtar a rédea para o sexo feminino, senão tudo se perde.

— Bem, mas não foi o senhor mesmo quem ainda há pouco esteve contando como homens casados se divertem na feira, em Kunávino? — não me contive eu.

— Trata-se de uma questão à parte — disse o comerciante e mergulhou em silêncio.

Quando ressoou o sinal do trem, ele se levantou, apa-

[6] Provérbio russo. (N. do T.)

nhou um saco debaixo do banco, fechou a peliça e, soerguendo o boné, saiu do vagão.

II

Mal o velho saíra, começou uma conversa a várias vozes.

— O papai é de molde antigo — disse o caixeiro.

— O *Domostrói*[7] em pessoa — disse a senhora. — Que maneira selvagem de conceber a mulher e o matrimônio!

— Sim, ainda estamos longe da concepção europeia do matrimônio — disse o advogado.

— Realmente, o principal é aquilo que gente dessa espécie não compreende — disse a senhora —, isto é, que o casamento sem amor não é casamento, que somente o amor santifica-o, e que matrimônio verdadeiro é só aquele santificado pelo amor.

O caixeiro estava ouvindo e sorria, procurando lembrar, para uso ulterior, o mais possível das conversas inteligentes.

Em meio às palavras da senhora, ouviu-se atrás de mim um som como que de riso interrompido ou de choro, e, voltando-nos, vimos o meu vizinho, o senhor solitário e grisalho, de olhos brilhantes, que, no decorrer da conversa, ao que parece do seu interesse, acercara-se imperceptivelmente de nós. Estava de pé, as mãos apoiadas no espaldar da poltrona, e parecia muito perturbado: tinha o rosto vermelho, e um músculo estremecia-lhe na face.

— Mas que amor... amor... amor... é este, que santifica o matrimônio? — disse ele, a voz embargada.

Vendo o estado de perturbação do seu interlocutor, a

[7] Código russo de costumes, do século XVI, característico pela extrema severidade. O termo passou a simbolizar tudo o que pode haver de retrógrado na vida cotidiana. (N. do T.)

senhora procurou responder-lhe do modo mais brando e explícito.

— O amor verdadeiro... Existindo este entre um homem e uma mulher, torna-se possível o matrimônio.

— Sim, mas o que se deve entender por amor verdadeiro? — disse, sorrindo, constrangido e intimidado, o cavalheiro dos olhos brilhantes.

— Todos sabem o que é o amor — disse a senhora, aparentemente desejosa de interromper aquela conversa.

— Mas eu não sei — disse o cavalheiro. — É preciso definir o que a senhora compreende como tal...

— Como? É muito simples — disse a senhora, mas ficou pensativa. — O amor constitui uma predileção exclusiva por um homem ou uma mulher, dentre todos os demais.

— Uma preferência por quanto tempo? Um mês? Dois dias, meia hora? — disse o senhor grisalho, e riu.

— Não, perdão, o senhor provavelmente fala de outra coisa.

— Não, é sobre isto mesmo.

— Ela quer dizer — intrometeu-se o advogado, apontando para a senhora — que o casamento deve originar-se, em primeiro lugar, da afeição, do amor, se o senhor faz questão, e que, se ele existe na realidade, somente nesse caso o matrimônio constitui algo, por assim dizer, sagrado. Em segundo lugar, que todo matrimônio em cuja base não estão afeições naturais — amor, se assim quiser — não contém em si nenhuma obrigação moral. Compreendi certo? — dirigiu-se ele à senhora.

Esta expressou com um aceno de cabeça aprovação pelo modo como ficou explicado o seu pensamento.

— Ademais... — prosseguiu o advogado, mas o cavalheiro nervoso, que tinha agora os olhos em fogo, parecia conter-se com dificuldade e, não deixando o advogado terminar o que dizia, começou:

— Não, eu quero falar disso mesmo, da preferência por

um homem ou uma mulher, em relação a todos os demais, mas somente pergunto: é uma preferência por quanto tempo?

— Por quanto tempo? Muito, às vezes a vida toda — disse a senhora, dando de ombros.

— Mas isto só acontece nos romances, nunca na vida real. Na vida, essa preferência de alguém por outrem dura anos, o que é muito raro, mais comumente meses, ou então semanas, dias, horas — disse ele, provavelmente sabendo que deixava a todos espantados com a sua opinião, mas satisfeito com isso.

— Ah, o que diz! Mas não. Não, permita dizer-lhe — começamos os três, em uníssono. Até o caixeiro emitiu certo som desaprovador.

— Sim, eu sei — gritou mais alto que nós o cavalheiro grisalho —, os senhores falam daquilo que se considera como existente e eu, daquilo que existe de fato. Todo homem experimenta o que os senhores chamam de amor por toda mulher bonita.

— Ah, o que o senhor diz é terrível; mas bem que existe entre as pessoas o sentimento chamado amor, e que é dado não por meses e anos, mas por toda a vida?

— Não, não existe. Se admitirmos que um homem preferirá determinada mulher por toda a vida, esta mulher, segundo todas as probabilidades, preferirá um outro, e assim sempre foi e é no mundo — disse ele, retirou do bolso a cigarreira, e pôs-se a fumar.

— Mas pode existir também reciprocidade — disse o advogado.

— Não, não pode existir — retrucou ele —, assim como, numa carga de ervilhas, é impossível deixar lado a lado dois grãos determinados. Além disso, não se trata apenas do impossível, há também certamente a sociedade. Amar a vida inteira um homem ou uma mulher é o mesmo que dizer que uma vela vai arder a vida toda — disse ele, aspirando sequioso a fumaça do cigarro.

— Mas o senhor está sempre falando do amor carnal. Não admite acaso um amor fundado na comunhão de ideias, na afinidade espiritual? — disse a senhora.

— Afinidade espiritual! Comunhão de ideias! — repetiu ele, emitindo o seu som. — Mas, neste caso, não há motivo para se dormir junto (perdoe-me a grosseria). Senão, em consequência da comunhão de ideias, as pessoas vão dormir junto — disse ele, com um riso nervoso.

— Mas permita observar-lhe — replicou o advogado — que os fatos contradizem as suas palavras. Nós vemos que os matrimônios existem, que toda a humanidade ou a sua maioria adota o sistema do matrimônio, e que muitos vivem honestamente uma prolongada vida matrimonial.

O cavalheiro grisalho tornou a rir.

— Ora os senhores me dizem que o matrimônio baseia-se no amor, ora, quando eu expresso uma dúvida quanto à existência de amor que não seja o sensual, provam-me a existência do amor pelo fato de existirem matrimônios. Mas, em nossos dias, o matrimônio não passa de um embuste!

— Não, perdão — disse o advogado —, eu digo apenas que os matrimônios existiram e existem ainda.

— Existem. Mas, vejamos somente, por que eles existem. Eles existiram e existem entre as pessoas que veem no matrimônio algo misterioso, um enigma que estabelece uma obrigação perante Deus. Eles existem entre gente assim, mas não existem em nosso meio. Em nosso meio, as pessoas se casam não vendo no matrimônio nada além de um acasalamento, e disso resulta um embuste ou uma violência. Quando há embuste, isto se tolera mais facilmente. O marido e a mulher apenas enganam as pessoas, fingindo-se em estado de monogamia, mas vivem na realidade em poligamia e poliandria. Isto é ruim, mas ainda funciona; mas quando, como ocorre com maior frequência, o marido e a mulher assumiram uma obrigação exterior de viver juntos a vida inteira e, já no segundo mês, odeiam-se, querem separar-se e, apesar de tudo, vivem em comum, resulta disso o inferno terrível, em consequência do qual aparecem bebedeiras, assassínios, o envenenamento de si mesmo ou do cônjuge — disse ele, falando cada vez mais depressa, não deixando ninguém dar um aparte e exaltando-se cada vez mais. Estavam todos calados. Era constrangedor.

— Sim, sem dúvida, acontecem episódios críticos na vida conjugal — admitiu o advogado, desejando interromper a conversa, cuja animação passava dos limites da decência.

— O senhor, ao que me consta, já me reconheceu? — disse o cavalheiro grisalho, suave e como que tranquilamente.

— Não, não tive este prazer.

— Não é grande prazer. Sou Pózdnichev, aquele com quem se deu o episódio crítico a que o senhor se refere, o episódio que consiste em que ele matou a mulher — disse, lançando um olhar rápido a cada um de nós.

Ninguém soube o que dizer e permanecemos calados.

— Ora, tanto faz — e ele tornou a emitir o seu som característico. — Aliás, desculpem-me! Ah!... não incomodarei os senhores.

— Oh, não, por favor... — disse o advogado, sem saber ele mesmo o que significava aquele "por favor".

Mas, sem ouvi-lo, Pózdnichev virou-se depressa e foi para o seu lugar. O cavalheiro e a senhora conversavam em murmúrio. Eu estava sentado ao lado de Pózdnichev e fiquei calado, não sabendo inventar algo para dizer. Estava escuro para ler e, por isso, fechei os olhos e fingi que pretendia dormir. Assim permanecemos em silêncio, até a estação seguinte.

Nesta, o cavalheiro e a senhora passaram para outro vagão, depois de confabulações sobre isto com o condutor. O caixeiro acomodou-se sobre o seu banco e adormeceu. Pózdnichev não cessava de fumar e tomava o chá preparado ainda na outra estação.

Quando abri os olhos e o olhei, dirigiu-se de repente a mim, decidido e irritado:

— Talvez seja desagradável para o senhor ficar ao meu lado, sabendo quem eu sou? Portanto, vou embora.

— Oh não, por favor.

— Bem, neste caso, está servido? Só que é forte. — Serviu-me chá. — Eles falam... E não param de mentir... — disse ele.

— A que se refere? — perguntei.

— Sempre ao mesmo: a este amor deles e ao que ele significa. O senhor não está com sono?

— Nem um pouco.

— Então, se quiser, vou contar-lhe como esse mesmo amor levou-me ao que aconteceu.

— Sim, se não lhe é penoso.

— Não, o penoso é calar-me. Mas tome o chá. Ou está forte demais?

O chá realmente parecia cerveja, mas tomei um copo. Nesse ínterim, passou o condutor. Meu companheiro seguiu-o em silêncio com os olhos maus e só começou a falar depois que o outro desapareceu.

III

— Bem, neste caso, vou contar-lhe... Mas o senhor quer realmente?

Repeti que eu queria muito. Calou-se um pouco, esfregou o rosto com as mãos e começou:

— Se é para se contar, então é preciso dizer tudo desde o início: como e por que me casei, e como eu era antes do casamento.

Antes de me casar, vivi como fazem todos, isto é, as pessoas do nosso meio. Sou proprietário rural, tenho título universitário, e já fui presidente do corpo da nobreza.[8] Antes de

[8] Na Rússia czarista, cargo eletivo, pelo qual se confiava, por um pra-

casar, vivi como todos, isto é, na devassidão, e, a exemplo de todas as pessoas do nosso meio, vivendo na devassidão, estava certo de que vivia adequadamente. Pensava de mim mesmo que era um tipo simpático, um homem plenamente moral. Não corrompia ninguém, não tinha gostos antinaturais, não fazia disto o objetivo principal na vida, como faziam muitos da minha idade, e entregava-me à devassidão séria e decentemente, para manter a saúde. Evitava mulheres que pudessem criar embaraços com o nascimento de um filho ou com a afeição por mim. Aliás, é possível que houvesse filhos e processos de afeiçoamento, mas eu fazia de conta que não existiam. E considerava isto não só moral, mas até me orgulhava.

Deteve-se e emitiu aquele seu som, como parecia fazer sempre que lhe vinha um pensamento novo.

— E é justamente nisso que está a ignomínia maior — exclamou ele. — Bem que a devassidão não está em algo físico, nenhum desregramento físico é devassidão; mas a devassidão, a devassidão verdadeira, está justamente na libertação de si mesmo de uma relação moral com a mulher com quem se entra em contato físico. E era esta libertação que eu considerava um mérito meu. Lembro-me de como me atormentei de uma feita, quando não tive tempo de pagar a uma mulher que se entregara a mim, provavelmente depois de se apaixonar. Acalmei-me somente depois que lhe enviei dinheiro, mostrando assim que, a meu ver, nada me ligava a ela moralmente. Não balance a cabeça, como que concordando comigo — gritou de repente. — Bem que eu conheço estas coisas. Todos vocês, e também o senhor, o senhor, na melhor das hipóteses, a não ser que seja uma rara exceção, têm os mesmos pontos de vista que eu tinha então. Bem, tanto faz, há de me perdoar — prosseguiu ele —, mas o caso está em que isto é terrível, terrível, terrível!

zo de três anos, a chefia sobre os nobres de um governo ou distrito. (N. do T.)

— O que é terrível? — perguntei.

— O sorvedouro de enganos em que vivemos com referência às mulheres e às nossas relações com elas. Sim, não posso falar disso tranquilamente, e não porque me aconteceu aquele episódio, conforme ele se expressou, mas porque, desde que isso ocorreu comigo, abri os olhos e vi tudo sob uma luz completamente diversa. Tudo às avessas, tudo às avessas!...

Acendeu um cigarro e, debruçando-se sobre os joelhos, começou a falar.

Eu não lhe via o rosto na escuridão, apenas se ouvia, com o trepidar do vagão, a sua voz insinuante, agradável.

IV

— Sim, somente depois de sofrer como sofri, somente graças a isso compreendi onde estava a raiz de tudo, compreendi como tudo devia ser, e por isto vi todo o horror do que existe.

Queira, portanto, ver como e quando começou o que me conduziu ao meu episódio. Isso começou quando eu tinha dezesseis anos incompletos. Aconteceu quando eu cursava ainda o ginásio, e meu irmão mais velho estava no primeiro ano da universidade. Eu ainda não conhecia as mulheres, mas, a exemplo de todas as crianças infelizes do nosso meio, não era mais um menino inocente: fazia mais de um ano que fora pervertido pelos moleques; atormentava-me já a mulher, não uma determinada, mas a mulher como algo doce, toda mulher, a nudez feminina. A minha solidão era impura. Atormentava-me como se atormentam 99% dos nossos meninos. Horrorizava-me, sofria, rezava, caía em perdição. Já estava pervertido em imaginação e de fato, mas ainda não dera o passo derradeiro. Eu me perdia sozinho, porém ainda não fazia violência a outro ser humano. Mas eis que um amigo de meu irmão, estudante, um tipo alegre, um bom rapaz como se diz, isto é, o pior dos canalhas, que nos ensinara a beber e jogar baralho, convenceu-nos, depois de uma bebedeira, a ir para lá. Fomos. Meu irmão também ainda era inocente e perdeu-se na mesma noite. E eu, um garoto de quinze anos, profanei a mim mesmo e contribuí para a profanação da mulher, sem compreender de modo algum o que fazia. Realmente, eu não ouvira de nenhum dos mais velhos que era ruim aquilo que eu fazia. E também agora ninguém o ouvirá. É verdade que se fala disso num mandamento, mas os mandamentos são necessários unicamente para responder no exame ao sacerdote, e assim mesmo não são muito necessários, bem menos que o mandamento sobre o emprego do *ut* nas orações condicionais.

Não ouvi que isto era ruim de nenhuma das pessoas mais velhas cuja opinião eu respeitava. Pelo contrário, ouvi pessoas que eu respeitava dizerem que isto era bom. Eu ouvi que as lutas e tormentos se aquietariam depois disso, além de ouvir isto, ainda o li, ouvi pessoas mais velhas dizerem que faria bem à saúde; e os companheiros me diziam que havia nisso certo mérito, certa galhardia. De modo que, em geral, não se via nisso nada que não fosse bom. O perigo de doença? Mas também este foi previsto. Paternal, o governo cuida disso. Ele controla a atividade correta das casas de tolerância e assegura a devassidão para os ginasianos. E há médicos cuidando disso, mediante ordenado. E assim tem que ser. Eles afirmam que a devassidão pode fazer bem à saúde, e estabelecem uma devassidão correta, acurada. Conheço mães que se preocupam, neste sentido, com a saúde dos filhos. E a ciência envia estes às casas de tolerância.

— Mas por que a ciência? — perguntei.

— E que são os médicos? Sacerdotes da ciência. Quem corrompe os jovens, afirmando que isto é necessário para a saúde? Eles. E depois, com horrível imponência, tratam da sífilis.

— Mas por que não tratar a sífilis?

— Porque se se dedicasse à extirpação da libertinagem

1% dos esforços dedicados ao tratamento da sífilis, também esta já teria sido há muito extinta. Mas aplicaram-se esforços não à extirpação da libertinagem, e sim ao seu estímulo, a garantir a sua segurança. Bem, mas não é disso que se trata. O caso está em que me aconteceu, assim como acontece a 90% se não mais, não só da nossa classe, mas de todos, inclusive os camponeses, o fato de que me perdi não por ter caído sob a sedução de determinada mulher. Não, nenhuma mulher me seduziu, e eu me perdi porque as pessoas do meio que me cercava viam, no que era a perdição, umas, uma função perfeitamente legítima e boa para a saúde, outras, o mais natural dos divertimentos para um jovem, um divertimento não só desculpável, mas inocente até. Eu nem compreendi que havia nisso um ato de perdição, simplesmente comecei a entregar-me àqueles em parte prazeres, em parte necessidades, que são inerentes, conforme me fora incutido, a determinada idade, comecei a entregar-me a essa devassidão como eu começara a beber, a fumar. Mas, assim mesmo, nessa primeira queda havia algo peculiar e tocante. Lembro-me de que imediatamente, lá mesmo, ainda antes de sair do quarto, me senti triste, triste, de modo que dava vontade de chorar, chorar a perda da inocência, a minha relação com a mulher, arruinada para sempre. Sim, a relação natural, singela, com a mulher estava arruinada para sempre. Desde então, não havia mais em mim, nem podia haver, uma relação pura com a mulher. Tornara-me o que se chama um libertino. E ser libertino é uma condição física, semelhante à condição de morfinômano, bêbado, fumante. Assim como um morfinômano, um bêbado, um fumante, não são mais gente normal, um homem que conheceu algumas mulheres, para seu prazer, não é mais uma pessoa normal, mas está estragado para sempre: um libertino. Assim como um bêbado e um morfinômano podem ser reconhecidos imediatamente pelo semblante, pelas maneiras, assim também um libertino. Um libertino pode abster-se, lutar; mas nunca mais terá uma relação singela, luminosa, pura, fraternal, com a mulher. Um libertino pode ser reconhecido imediatamente pela maneira de olhar, de examinar uma jovem. Tornei-me, pois, um libertino, e assim permaneci, e foi justamente o que me perdeu.

V

— Sim, justamente. Tudo avançou mais e mais, houve toda espécie de descaídas. Meu Deus! Fico horrorizado ao lembrar todas as minhas torpezas neste sentido! É assim que me lembro de mim mesmo, de quem os amigos riam, por causa da minha assim chamada inocência. E quando se ouve falar da nossa preciosa mocidade, dos oficiais, dos parisienses! E quando todos estes senhores e eu, uns devassos de trinta anos, tendo a seu crédito centenas dos mais terríveis crimes contra mulheres, entrávamos, bem-lavados, barbeados, perfumados, de roupas limpas, de fraque ou uniforme de gala, numa sala de visitas ou num baile, éramos um símbolo de pureza, um verdadeiro encanto!

Pense um pouco sobre o que deveria acontecer e o que acontece na realidade. O certo seria, se um cavalheiro desses ingressasse na sociedade de minha irmã ou de minha filha, que eu, conhecendo-lhe a vida, me aproximasse dele, chamasse-o para um canto e dissesse-lhe baixinho: "Meu caro, bem que eu sei como você vive, como passa as noites e com quem. Isto aqui não é para você. Aqui há moças puras, inocentes. Vá embora!". Assim deveria ser; mas acontece que se um desses cavalheiros aparece e dança com minha irmã ou minha filha, abraçando-as, nós nos alegramos, desde que ele seja rico e relacionado. Talvez, depois da Rigolboche,[9] ele honre também a minha filha. Mesmo que tenha ficado algum vestígio da vi-

[9] Pseudônimo de Marguerite Badel, dançarina francesa excêntrica, famosa por volta de 1860. (N. do T.)

da pregressa, algum distúrbio de saúde, não faz mal. Atualmente, fazem bem os tratamentos. Como não? Conheço algumas moças da alta sociedade, que os pais casaram jubilosamente com sifilíticos. Ó ignomínia! Chegará o dia de se desmascarar esta mentira e baixeza!

Ele emitiu algumas vezes os seus sons estranhos e ocupou-se do chá. Este era muito forte, não havia água para diluí-lo. Senti que os dois copos bebidos por mim deixaram-me particularmente agitado. Provavelmente, o chá atuou sobre ele também, pois estava cada vez mais excitado. A sua voz tornava-se a todo momento mais cantante e expressiva. Mudava continuamente de posição, ora tirava o chapéu, ora vestia-o, e o seu rosto alterava-se estranhamente na penumbra.

— Pois bem, assim vivi até os trinta, não abandonando por um instante sequer a intenção de me casar e de estabelecer para mim a mais elevada e pura vida familiar, e procurava uma jovem adequada a este objetivo — prosseguiu ele. — Eu chafurdava no pus da devassidão e, ao mesmo tempo, examinava moças, procurando as que fossem dignas de mim, pela sua pureza. Muitas eu recusei justamente por não serem suficientemente puras para mim; e finalmente encontrei uma que considerei digna da minha pessoa. Era uma das duas filhas de um proprietário rural de Penza, outrora muito rico, mas então arruinado.

De uma feita, depois que passeamos de barco, quando estávamos voltando para casa de noite, ao luar, e eu estava sentado ao seu lado, extasiando-me com o seu vulto esbelto, envolto em malha justa, decidi de repente que era ela. Tive essa noite a impressão de que ela compreendia tudo, tudo o que eu pensava e sentia, e que eu pensava e sentia o que podia haver de mais sublime. Mas, em essência, isso consistia unicamente em que o tecido de malha lhe ficava especialmente bem, assim como os cachos de cabelo, e que, depois do dia passado perto dela, vinha-me um desejo de proximidade ainda maior.

É surpreendente como acontece uma ilusão tão completa, no sentido de que a beleza é o bem. Uma mulher bonita diz tolices, e você ouve e não percebe as tolices, mas só palavras inteligentes. Ela diz e pratica ignomínias, e você vê algo simpático. E quando ela não diz tolices nem ignomínias, mas é bela, você no mesmo instante se convence de que ela é maravilhosa, inteligente e moral.

Voltei entusiasmado para casa e decidi que ela era o suprassumo da perfeição moral e, por isso, digna de ser minha esposa, e no dia seguinte a pedi em casamento.

Que grande confusão! Dos milhares de homens que se casam, não só em nosso meio, mas infelizmente também entre o povo, dificilmente se encontrará ao menos um que não se tenha casado antes do seu matrimônio umas dez vezes, ou então cem ou mil, como D. Juan. (Ouvi dizer, é verdade, e estou fazendo observações para comprová-lo, existirem atualmente jovens puros, que sentem e sabem que isto não é uma brincadeira, mas uma grande obra. Que Deus os ajude! Mas, no meu tempo, não existia sequer um destes para dez mil.) E todos sabem isto, mas fingem não saber. Em todos os romances, estão descritos até a minúcia os sentimentos dos heróis, os açudes, os arbustos junto aos quais eles andam; mas, descrevendo-se o seu grande amor por alguma jovem, não se escreve nada sobre o que aconteceu com ele, com o herói interessante, antes disso: nenhuma palavra sobre as suas visitas a casas de tolerância, sobre as arrumadeiras e cozinheiras, sobre as esposas alheias. E se existem desses romances indecentes, eles não são fornecidos às pessoas mais necessitadas de conhecer tudo isso: as moças de família. A princípio, finge-se diante das moças que a libertinagem, que enche metade da vida das nossas cidades e aldeias, absolutamente não existe. Depois, as pessoas acostumam-se a tal ponto com esse fingimento que, a exemplo dos ingleses, começam também a crer sinceramente que somos todos gente moral e que vivemos num mundo moral. Mas as moças, coitadas, acreditam nisso com toda a sinceridade. Assim acreditou também a minha infeliz mulher. Lembro-me que, sendo já seu noivo, mostrei-lhe o meu diário, pelo qual ela podia vir a conhecer um pouco do meu passado, principalmente no que se referia à minha última ligação, da qual ela poderia ser informada por outras pessoas e sobre a qual por isso mesmo eu senti a necessidade de falar-lhe. Lembro-me do seu horror, do seu desespero e perplexidade, quando ela o soube e compreendeu. Vi que ela então quis me abandonar. E por que não o fez?!

Ele emitiu o seu som, calou-se um pouco e tomou mais um gole de chá.

VI

— Não, aliás, assim é melhor, é melhor! — exclamou. — Eu o mereci! Mas não é nisso que está o principal. Eu quis dizer que as únicas enganadas, no caso, são as infelizes moças. Quanto às mães, sabem-no realmente, sobretudo as mães instruídas pelos seus maridos sabem-no muito bem. E fingindo acreditar na pureza dos homens, agem na realidade de modo totalmente diverso. Elas sabem com que vara fisgar homens para si e para as suas filhas.

De fato, somente nós, os homens, não sabemos, e não o sabemos porque não queremos saber, mas as mulheres sabem muito bem que o amor mais sublime, mais poético, como dizemos, não depende das qualidades morais, mas da proximidade física, bem como do penteado e da cor e modelo do vestido. Pergunte a uma mulher coquete e experimentada, que se tenha proposto enfeitiçar um homem, o que ela prefere arriscar: ser desmascarada em presença daquele que está enfeitiçando, como culpada de mentira, crueldade, libertinagem até, ou aparecer na sua presença num vestido feio, mal-alinhavado; qualquer uma escolherá sempre a primeira dessas contingências. Ela sabe que a nossa gente apenas mente falando de sentimentos elevados: ela precisa apenas do corpo e, por isso, perdoará quaisquer torpezas, mas nunca um traje disforme, sem gosto, de mau tom. A mulher coquete sabe isso conscientemente, mas toda moça inocente conhece-o inconscientemente, como os animais o conhecem também.

Daí procedem estes abjetos tecidos de malha, estes babados sobre os traseiros, estes ombros e braços nus, estes peitos quase despidos. As mulheres, sobretudo as que passaram pela escola dos homens, sabem muito bem que as conversas sobre assuntos elevados não passam realmente de conversas, e que o homem precisa do corpo e de tudo o que o exibe sob a luz mais atraente; e é justamente o que se faz. Se jogarmos fora apenas o hábito desta ignomínia, que se tornou para nós uma segunda natureza, e olharmos a vida das nossas classes mais elevadas tal como ela é, com todo o seu impudor, veremos que é tudo uma grande casa de tolerância. Não concorda comigo? Permita-me demonstrar-lhe o que digo — começou, interrompendo-me. — O senhor me diz que as mulheres da nossa sociedade vivem com interesses diferentes daqueles das mulheres nas casas de tolerância, mas eu lhe digo que não é assim, e vou demonstrá-lo. Se as pessoas diferem quanto aos objetivos da existência, quanto ao conteúdo interior da vida, esta diferença tem que se refletir sem falta na aparência exterior também. Mas olhe para aquelas, para as infelizes e desprezadas e, depois, para as senhoras da mais alta sociedade: os mesmos trajes vistosos, os mesmos modelos, os mesmos perfumes, o mesmo desnudamento dos braços, dos ombros, dos seios, o mesmo traseiro apertado e em posição saliente, a mesma paixão por pedrinhas, por objetos caros e brilhantes, os mesmos divertimentos, danças, músicas e canções. Assim como aquelas aplicam todos os seus recursos para atrair os homens, fazem estas também. Nenhuma diferença. Numa distinção rigorosa, deve-se apenas dizer que as prostitutas a curto prazo são geralmente desprezadas, e as prostitutas a prazo longo, respeitadas.

VII

— Pois bem, fui apanhado por esses tecidos de malha, por esses cachos de cabelo e babados. Aliás, era fácil apanhar-me, pois eu fora educado naquelas condições em que, a exemplo dos pepinos de estufa, apressa-se a maturação dos jovens apaixonados. Bem que a nossa alimentação supérflua e excitante, a par de uma completa ociosidade física, não é outra coisa senão uma excitação sistemática da luxúria. Espante-se ou não, é a pura realidade. Eu mesmo não via nada disso até os últimos tempos. E agora vi. Por isto é que me atormenta o fato de que ninguém o saiba, e digam tolices como as daquela dama.

Sim, nessa primavera, trabalharam junto a mim mujiques, num aterro de estrada de ferro. A alimentação habitual de um pequeno camponês consiste em pão, *kvás*,[10] cebola; com isto, ele é vivo, disposto, sadio, e executa o trabalho ligeiro dos campos. Quando o admitem para trabalhar na estrada de ferro, a sua ração é *kacha*[11] e uma libra de carne.[12] Mas, em compensação, ele solta essa carne num trabalho de dezesseis horas, com um carrinho de mão de trinta *puds*.[13] E é justamente o que lhe basta. E quanto a nós, que comemos duas libras de carne, inclusive de caça, e toda espécie de alimentos e bebidas caloríferas, para onde vai isto? Para excessos de sensualidade. E se isso ainda se encaminha assim, fica aberta uma válvula de segurança, tudo está em ordem; mas experimente fechar a válvula, como eu costumava cobri-la por algum tempo, e imediatamente ocorre uma excitação, que, passando pelo prisma da nossa vida artificial, expressa-

[10] Bebida fermentada, muito popular na Rússia. (N. do T.)

[11] Espécie de papa de cereais. (N. do T.)

[12] A libra russa tem 409,5 g. (N. do T.)

[13] O *pud* corresponde a 16,38 kg. (N. do T.)

-se numa paixonite de primeira água, às vezes até platônica. E eu me apaixonei, como todos se apaixonam. E havia tudo ali: êxtases, emoção, poesia. Em essência, porém, este meu amor constituía a obra, por um lado, da atividade da mãe da moça e das costureiras, e, pelo outro, de um excesso de alimento ingerido, a par de uma vida ociosa. Se não existissem, por um lado, passeios de barco, costureiras, vestidos ajustados na cintura, etc. e se a minha mulher estivesse num roupão desengonçado, e ficasse em casa, e se eu, por outro lado, permanecesse nas condições normais de um homem que ingere apenas o alimento necessário para o trabalho, e tivesse aberta a válvula de segurança (pois, casualmente, estava fechada nessa época), eu não me teria apaixonado e nada disso aconteceria.

VIII

— Bem, mas, no caso, as coisas se acomodaram da seguinte maneira: o meu estado, o traje elegante e o passeio de barco, tudo dera certo. Falharam vinte vezes, mas agora deram certo. Uma espécie de armadilha. Não estou gracejando. Atualmente, os casamentos arranjam-se qual armadilhas. O que seria natural? Uma moça amadureceu, é preciso casá-la. Parece tão simples, quando a moça não é muito feia e há homens desejosos de casar. Assim é que se procedia antigamente. Atingindo uma jovem a idade própria, os pais arranjavam o matrimônio. Assim se fazia e assim se faz em toda a espécie humana: entre os chineses, os índios, os maometanos, entre a nossa gente do povo; assim se procede entre os humanos em geral, pelo menos entre 99% deles. Somente 1% ou menos, isto é, nós, os devassos, achamos que isso não estava bem e inventamos algo novo. Em que ele consiste? O novo está em que as moças ficam sentadas e os homens andam e fazem sua escolha, como numa feira. As garotas esperam e pensam, mas não se atrevem a dizer: "Paizinho, escolha-me! Não, a mim. Não a ela, mas a mim: veja que ombros eu tenho, e o resto também". E nós, homens, andamos um pouco, damos umas espiadas e ficamos muito contentes. "Sei do que se trata, não caio nesta." Andam um pouco, espiam em volta, muito satisfeitos de que tudo isso tenha sido arranjado para eles. Basta alguém se descuidar e, bumba, é um no laço!

— Mas como deve ser? — perguntei. — Deve acaso a mulher fazer o pedido de casamento?

— Não sei como tem que ser; mas se é para se ter igualdade, que seja igualdade de fato. Se acharam que o contrato por meio de uma casamenteira é humilhante, isto o é mil vezes mais. No primeiro caso, os direitos e as probabilidades de êxito são iguais, mas no segundo a mulher é uma escrava no mercado ou um chamariz para a armadilha. Experimente dizer a verdade a alguma das mães ou à própria moça, isto é, que elas estão ocupadas unicamente com a caça ao noivo. Que ofensa, meu Deus! Mas todas elas só fazem isso, e não têm nada mais a fazer. E o que é terrível é ver às vezes ocupadas com isto pobres moças bem novas e inocentes. E mais uma vez, se isto ao menos se fizesse abertamente, mas é tudo um embuste. "Ah, a origem das espécies, como é interessante! Ah, Lisa interessa-se muito pela pintura! O senhor vai à exposição? Como é instrutivo! E o passeio de troica, e o espetáculo teatral, e a sinfonia? Ah, como é admirável! A minha Lisa é louca por música. Mas por que o senhor não tem estas mesmas convicções? E andar de barco!..." E o pensamento é sempre o mesmo: "Toma, toma-me, toma a minha Lisa! Não, a mim! Ora, experimente ao menos!...". Oh, ignomínia! Mentira! — concluiu, e, tendo tomado todo o seu chá, pôs-se a arrumar os respectivos petrechos.

IX

— O senhor sabe — começou ele, arrumando numa sacola o chá e o açúcar —, tudo isso provém do poderio das mulheres, de que sofre o mundo.

— Como: poderio das mulheres? — disse eu. — A verdade é que os homens é que têm maior soma de direitos.

— Sim, sim, é isto, é isto mesmo — interrompeu-me ele. — É justamente o que eu quero dizer ao senhor, é exatamente isto que explica o fato insólito de que, por um lado, é absolutamente certo que a mulher foi levada ao último grau da humilhação e, por outro lado, ela tem o poder nas mãos. As mulheres procedem exatamente como os judeus, que se vingam por meio do seu poderio financeiro da opressão que lhes é infligida. "Ah, vocês querem que nós sejamos apenas comerciantes. Está bem, nós comerciantes havemos de dominar vocês" — dizem os judeus. "Ah, vocês querem que nós sejamos apenas objeto de sensualidade, está bem, nós, justamente na qualidade de objeto de sensualidade, havemos de escravizar vocês" — dizem as mulheres. A ausência dos direitos da mulher não consiste em que ela não pode votar ou exercer o cargo de juiz — ocupar-se disso não constitui nenhum direito — mas no fato de não ser igual ao homem no convívio entre os sexos, de não ter o direito de usar um homem ou abster-se dele segundo a sua vontade, escolhê-lo de acordo com esta, em vez de ser escolhida. O senhor diz que isto é monstruoso. Está bem. Neste caso, que o homem também não tenha tais direitos. Mas, atualmente, a mulher está privada do direito que tem o homem. Pois bem, para compensar este direito, ela atua sobre a sensualidade do homem, e, através da sensualidade, domina-o de tal maneira que ele faz a escolha apenas formalmente, mas na realidade é ela quem escolhe. E tendo-se apoderado deste meio, chega a abusar dele e adquire um poderio terrível sobre as pessoas.

— Mas onde está esse poderio especial? — perguntei.

— Onde está esse poderio? Mas por toda parte, em tudo. Percorra as lojas de qualquer cidade grande. Ali há milhões de rublos, não se consegue avaliar o trabalho humano assim empregado, mas veja: existe em nove décimos dessas lojas pelo menos algo para uso masculino? São as mulheres quem exige e sustenta todo o luxo da existência. Faça um cômputo de todas as fábricas. Uma parte imensa produz enfeites inúteis, carruagens, móveis, brinquedos de mulher. Milhões de pessoas, gerações inteiras de escravos, aniquilam-se nesses trabalhos forçados nas fábricas, unicamente para satisfazer os caprichos femininos. As mulheres, qual rainhas, mantêm na prisão do trabalho penoso e escravo nove décimos da espécie humana. E tudo isto porque foram humilhadas, privadas de direitos iguais aos do homem. E ei-las que se vingam atuando sobre a nossa sensualidade, prendendo-nos em suas redes. Sim, é disso que tudo procede. As mulheres fizeram de si um tal instrumento de ação sobre a sensualidade que um homem não pode tratar tranquilamente uma mulher. Mal um homem se aproxima de uma mulher, cai sob a sua ação estonteante, fica zonzo. Mesmo antes, eu sempre ficava constrangido, com medo, quando via uma senhora de vestido de baile, toda ataviada, mas agora fico simplesmente aterrorizado, vejo algo perigoso para as pessoas, algo ilegal, e tenho vontade de gritar chamando a polícia, de pedir uma defesa contra o perigo, de exigir que retirem, que afastem o objeto perigoso.

Sim, o senhor dá risada! — gritou-me. — Mas isso não é de modo algum uma brincadeira. Estou certo de que chegará o dia, e talvez muito próximo, em que os homens compreenderão isto e espantar-se-ão com o fato de ter existido uma sociedade em que se permitiam tais atos, contrários à tranquilidade social, como os atavios do próprio corpo que despertam diretamente a sensualidade, permitidos às mulheres em nossa sociedade. É o mesmo que colocar armadilhas nos lugares de passeio, nos caminhos, é pior até! Por que se proíbe o jogo de azar e não se proíbem as mulheres em trajes de prostituta, que despertam a sensualidade? Elas são mil vezes mais perigosas!

X

— Pois bem, fui igualmente apanhado. Eu estava, como se diz, apaixonado. Não somente eu a considerava o ápice da perfeição, mas, nesse tempo do meu noivado, considerava-me também como o ápice da perfeição. Não existe um canalha que, depois de procurar um pouco, não ache outros canalhas em algum sentido piores que ele e que, por esse motivo, não possa encontrar pretexto de se orgulhar e estar contente consigo mesmo. Assim foi comigo: eu não me casava por dinheiro, o interesse pecuniário não tinha nada a ver no caso, enquanto a maioria dos meus conhecidos casava-se por causa de dinheiro ou de relações na sociedade; eu era rico e ela, pobre. Isso foi um dos motivos de orgulho. O outro consistia em que os demais casavam-se com a intenção de continuar a mesma vida poligâmica anterior ao matrimônio; e eu tinha a firme intenção de permanecer, após o casamento, estritamente monógamo, e, por causa disso, o meu orgulho perante mim mesmo não tinha limites. Sim, eu era um porco horroroso e imaginava-me um anjo.

Durou pouco o meu noivado. Não posso lembrar agora esse tempo sem um sentimento de vergonha! Que ignomínia! Subentende-se um amor espiritual e não sensual. Mas, se o amor é espiritual, baseado no convívio espiritual, as palavras, as conversas, deveriam expressar essa modalidade de convívio. Mas não houve nada disso. Quando ficávamos a sós, tornava-se terrivelmente difícil conversar. Era um trabalho de Sísifo. Imaginava-se o que dizer, dizia-se, e novamente era preciso calar-se, imaginar. Não tínhamos assunto. Disséramos tudo o que se poderia dizer sobre a vida que nos esperava, a instalação em nossa casa, os planos, e o que mais? Se fôssemos uns bichos, saberíamos muito bem que falar não seria nossa tarefa; e no caso, pelo contrário, era preciso falar, mas não havia sobre o quê, porquanto preocupava-nos algo que não se resolve por meio de conversa. E ao mesmo tempo, havia ainda esse costume monstruoso das balas e bombons, de uma voracidade rude satisfeita com doces, e todos esses ignóbeis preparativos para o casamento: comentários sobre o apartamento, o quarto de dormir, as camas, os roupões, a roupa branca, os trajes de noite. Compreenda que, se alguém se casa segundo o *Domostrói*, como dizia esse velho, os edredons, o enxoval, o leito, são apenas pormenores que acompanham o mistério. Mas em nosso meio, quando, entre dez que se casam, mal se encontra um que não só crê no mistério, mas também acredita que ele constitui certa obrigação, quando de cem homens dificilmente se encontrará um que não se tenha casado antes, e, entre cinquenta, um que não se prepare de antemão a trair a esposa em toda ocasião propícia, quando a maioria encara a cerimônia na igreja apenas como uma condição especial para a posse de determinada mulher, pense na terrível significação que recebem todos esses pormenores. Resulta daí que todo o caso consiste unicamente nisso. Resulta algo semelhante a uma venda. Uma jovem inocente é vendida a um devasso, e esta venda é cercada de determinadas formalidades.

XI

— Assim como todos se casam, casei-me também, e começou a tão louvada lua de mel. Que vileza neste simples nome! — sibilou ele com rancor. — De uma feita, estava em Paris e fazia a ronda de todos os espetáculos, quando, atraído por um anúncio, entrei para ver uma mulher barbada e um cachorro-d'água. Verifiquei que eram apenas um homem num vestido decotado e um cachorro metido numa pele de morsa e que nadava numa banheira. Tudo isso era pouco interessante; mas, quando eu saía, fui acompanhado polidamente pelo exibidor; dirigindo-se ao público apontou-me, dizendo: "Perguntem a este cavalheiro se vale a pena ver. Entrem, entrem, é um franco por pessoa!". Eu tinha vergonha de dizer que não valia a pena ver aquilo, e o exibidor, ao que parece, contava com esta circunstância. Assim acontece provavelmente também com os que experimentaram toda a ignomínia da lua de mel e não decepcionam os demais. Eu igualmente não decepcionei ninguém, mas agora não vejo por que não dizer a verdade. Considero até que é indispensável dizê-la. Sente-se constrangimento, vergonha, mal-estar, pena e, sobretudo, tédio, um tédio infinito! É algo semelhante ao que experimentei quando aprendia a fumar, quando tinha ânsias de vômito e escorria-me a saliva, mas eu a engolia e fingia sentir algo muito agradável. O prazer do fumo, assim como o prazer proveniente disso, se acontece mesmo, vem mais tarde: é preciso que os cônjuges eduquem em si este vício, para que lhes proporcione prazer.

— Como: um vício? — retruquei. — O senhor está falando da mais natural das características humanas.

— Natural? — disse ele. — Natural? Não, digo-lhe, pelo contrário, que eu cheguei à convicção de que isto é i... natural. Sim, absolutamente i... natural. Pergunte às crianças, pergunte a uma moça não corrompida. A minha irmã casou-se muito jovem com um homem duas vezes mais velho e libertino. Lembro-me de como nos espantamos na noite do casamento, quando ela, pálida e chorosa, fugiu dele e, o corpo todo trêmulo, dizia que não faria aquilo por nada, por nada, que ela não podia sequer dizer o que aquele homem queria dela.

O senhor diz: natural! Existe o natural. E existe com alegria, leveza, agrado, sem nenhuma vergonha desde o início; mas, no caso, é abjeto, vergonhoso, dolorido. Não, isto é inatural! E a moça não corrompida, acabei por convencer-me, sempre odeia isso.

— Mas como — disse eu — continuaria a existir a espécie humana?

— Preocupa-se com a extinção da espécie humana! — disse ele com uma ironia má, como que esperando esta réplica desonesta e que lhe era conhecida. — Pregue-se a abstenção à reprodução em nome de que os lordes ingleses possam sempre empanturrar-se de comida — isto se permite. Pregue-se a abstenção à reprodução em nome de uma vida mais agradável — isto se permite também; mas experimente alguém apenas alvitrar que haja abstenção à reprodução em nome da moralidade, e levanta-se um barulho, meu Deus! — cuida-se para que não se extinga a espécie humana porque uma dezena ou duas de pessoas querem deixar de ser porcos. Agora, desculpe. Esta luz me incomoda, posso apagá-la? — disse, apontando o lampião.

Eu disse que me era indiferente, e então ele se ergueu no assento, apressadamente como costumava fazer tudo, e ocultou o lampião com uma cortina de lã.

— Apesar de tudo — disse eu —, se todos reconhecessem isso como uma lei na sua conduta, a espécie humana ficaria extinta.

Respondeu depois de uma pausa.

— O senhor pergunta: como há de continuar a espécie humana? — disse ele, tornando a sentar-se em frente de mim, abrindo muito as pernas e apoiando-se nelas com os cotovelos. — Mas para que deve continuar a espécie humana?

— Como assim? De outro modo, nem existiríamos.

— E para quê temos de existir?

— Como: para quê? A fim de viver.

— E para quê viver? Se não existe nenhum objetivo, se a vida nos foi dada simplesmente para ser vivida, não há motivo para viver. E se assim é, os Schopenhauer, os Hartmann[14]

[14] Referência a Eduard von Hartmann (1842-1906), filósofo alemão, autor de *Filosofia do inconsciente*. (N. do T.)

e todos os budistas têm absoluta razão. Bem, mas se existe um objetivo na vida, torna-se evidente que a vida deve cessar desde que se atinja o objetivo. E é isto mesmo que se dá — disse ele com evidente perturbação, atribuindo provavelmente grande importância ao seu pensamento. — É isto mesmo que se dá. Observe o seguinte: se o objetivo da humanidade é o bem, a bondade, o amor, como se pretende; se o objetivo da humanidade é o que foi expresso nas profecias, que todos os homens hão de se unir pelo amor, que as lanças serão fundidas e transformadas em foices, e assim por diante, o que é que estorva o caminho para este objetivo? As paixões. A paixão mais forte e pior, a mais insistente, é o amor sexual, carnal, e por isso, se forem destruídas as paixões, inclusive a derradeira, a mais forte, o amor carnal, a profecia há de se cumprir, os homens hão de se unir, estará atingido o objetivo da humanidade, e esta não terá motivo para viver. Mas, enquanto a humanidade vive, tem diante de si o ideal, e naturalmente não é um ideal de coelhos ou de porcos, no sentido de se multiplicar o mais possível, nem de macacos ou de parisienses, no sentido de aproveitar o mais refinadamente os prazeres da paixão sexual, mas um ideal de bondade, alcançável pela abstenção e pela pureza. Os homens sempre tenderam e tendem para ele. E veja o que acontece.

Acontece que o amor carnal é uma válvula de segurança. Se a atual geração humana ainda não atingiu o objetivo, foi unicamente porque ela tem paixões, a mais forte das quais é a sexual. Mas existindo a paixão sexual, existe a nova geração, de modo que é possível alcançar o objetivo na geração seguinte. Esta não o alcança, surge mais uma, e assim será até que se atinja o objetivo, a profecia se realize e os homens se unam. Senão, o que seria? Admitamos que Deus criou os homens para atingir determinado objetivo, e que os criou mortais e desprovidos de paixão sexual, ou criou-os eternos. Se eles fossem mortais, mas desprovidos de paixão sexual, o que aconteceria? Eles teriam vivido sua existência e morrido sem atingir o objetivo; e para se atingir o objetivo, Deus precisaria criar mais gente. Mas se eles fossem eternos, admitamos (embora seja mais difícil aos mesmos homens, e não às novas gerações, corrigir os erros e aproximar-se da perfeição), eles atingiriam o objetivo depois de muitos milhares de anos, mas, neste caso, para quê seriam necessários? E onde metê-los? Assim como sucede agora, é o melhor de tudo... Mas talvez não lhe agrade esta forma de expressão, talvez o senhor seja um evolucionista? Neste caso, o resultado é o mesmo. A espécie de animais superior, a humana, deve, para sobreviver na luta com outros animais, formar uma unidade, como um enxame de abelhas, e não se multiplicar infinitamente; a exemplo das abelhas, deve formar indivíduos assexuados, isto é, mais uma vez deve tender para a abstenção, e de modo nenhum para a excitação da luxúria, para a qual se orienta toda a estrutura de nossa vida. — Calou-se um pouco. — A espécie humana se extinguirá? Mas será possível que alguém, seja qual for a sua maneira de ver o mundo, duvide disso? É tão indiscutível como a morte. De acordo com todos os ensinamentos religiosos, o fim do mundo há de chegar um dia, e o mesmo ocorrerá também, inexoravelmente, segundo todos os ensinamentos científicos. O que há para se estranhar, portanto, se o mesmo resulta da doutrina moral?

Em seguida, passou muito tempo calado, tomou mais chá, acabou de fumar o cigarro e, tendo tirado da sacola mais cigarros, colocou-os na sua cigarreira velha e suja.

— Eu compreendo o seu pensamento — disse eu —, os *shakers*[15] afirmam algo semelhante.

— Sim, sim, também eles têm razão — disse ele. — O amor carnal, sejam quais forem as formas em que se apresenta, é um mal, um mal terrível, com o qual se deve lutar, e não

[15] Seita fundada na Inglaterra (1747), e que se desenvolveu na América do Norte. Os *shakers* não proibiam o casamento, mas consideravam-no menos perfeito que o celibato. (N. do T.)

estimular, como se faz em nosso meio. As palavras do Evangelho no sentido de que todo aquele que atenta numa mulher para cobiçá-la, já cometeu adultério com ela, não se referem apenas às mulheres alheias, mas, precisamente e sobretudo, à própria esposa.

XII

— Em nosso mundo, porém, ocorre justamente o inverso: se um homem ainda pensava em abster-se no tempo de solteiro, depois de casado, cada um considera que a abstenção não é mais necessária. Sem dúvida, todas essas viagens depois do casamento, esses períodos de isolamento por que passam os recém-casados, com a autorização dos pais, não são outra coisa senão uma licença para a devassidão. Mas a lei moral, quando transgredida, vinga-se por si. Por mais que eu me esforçasse em acomodar para mim a lua de mel, não obtinha nenhum resultado. O tempo todo, havia um sentimento de mal-estar, de vergonha e de tédio. Mas, bem logo, apareceu também algo terrivelmente penoso. Isso começou sem qualquer tardança. No terceiro ou no quarto dia, se não me engano, encontrei minha mulher entediada, pus-me a interrogá-la sobre o motivo, comecei a abraçá-la, o que, no meu entender, era tudo o que ela podia querer, mas ela afastou-me a mão e rompeu em pranto. Por quê? Ela não sabia dizer. Mas estava triste, opressa. Provavelmente, os seus nervos extenuados sugeriram-lhe a verdade sobre a ignomínia das nossas relações; mas ela não sabia dizê-lo. Pus-me a interrogá-la, ela disse qualquer coisa no sentido de estar triste longe da mãe. Tive a impressão de que era mentira. Procurei animá-la, mas não me referi à mãe. Não compreendi que ela simplesmente tinha um sentimento penoso, e que a mãe era apenas um pretexto. Mas ela se ofendeu no mesmo instante, pelo fato de eu não me ter referido à mãe, como se não acreditasse nas suas palavras. Disse-me estar vendo que eu não a amava. Censurei-lhe as manhas, e de repente o seu rosto alterou-se todo, em lugar da tristeza apareceu-lhe uma irritação, e, com as palavras mais envenenadas, ela se pôs a incriminar-me o egoísmo e crueldade. Lancei-lhe um olhar. Todo o seu rosto expressava a maior frieza e hostilidade, quase ódio por mim. Lembro-me de como me horrorizei, ao vê-lo. "Como? O quê?" — pensei. — "O amor é uma aliança de espíritos e, em lugar disso, eis o que acontece! Mas não pode ser, não é ele!" Procurei abrandá-la, choquei-me com uma muralha tão intransponível de hostilidade fria, venenosa, que não tive tempo de olhar ao redor, e a irritação já se apoderara de mim também, e dissemos um ao outro uma infinidade de coisas desagradáveis. Foi terrível a impressão deixada por esta primeira briga. Chamei-a de briga, mas não era uma briga, e sim apenas a revelação do abismo que existia realmente entre nós. O ânimo apaixonado esgotou-se com a satisfação da sensualidade, e ficamos frente a frente com a relação verdadeira entre nós, isto é, dois egoístas absolutamente estranhos entre si, cada um desejando receber, através do outro, a maior soma possível de prazer. Chamei de briga o que acontecera entre nós; mas não era briga, e sim a relação verdadeira de um para o outro, revelada unicamente com a cessação da sensualidade. Eu não compreendia que esta relação fria e hostil era a nossa relação normal, e não o compreendia porque esta relação hostil, nos primeiros tempos, logo tornou a ocultar-se de nós, por meio de uma sensualidade destilada, isto é, pela paixão, que novamente se erguera em nós.

Eu pensei que tínhamos brigado e feito as pazes, e que isto nunca mais nos aconteceria. Mas já neste primeiro mês da nossa lua de mel chegou muito depressa um novo período de saciedade, deixamos novamente de ser necessários um para o outro, e ocorreu nova briga. Esta segunda briga impressionou-me ainda mais dolorosamente que a primeira. "Quer dizer", pensava eu, "que aquela primeira não foi casual, mas isso tem que ser assim mesmo e assim será." A segunda briga espantou-me tanto mais quanto ela surgira com o pretexto mais absurdo. Alguma coisa ligada com questões de dinheiro, que eu nunca lamentara gastar, e que não podia de modo algum lamentar, em se tratando da minha mulher. Lembro-me somente que ela revirou de tal modo o caso que uma observação minha passou a ser manifestação do meu desejo de dominá-la por meio do dinheiro, sobre o qual eu teria afirmado o meu direito exclusivo, em suma algo impossível, estúpido, ignóbil, que não me era peculiar, nem a ela. Irritei-me, comecei a censurar-lhe a indelicadeza, ela a mim, e tudo recomeçou. Nas suas palavras, na expressão do seu rosto e dos seus olhos, tornei a ver a mesma hostilidade fria, cruel, que me espantara tanto. Eu me lembro de ter brigado com meu irmão, com os amigos, com meu pai, mas nunca existira entre nós aquele rancor peculiar, envenenado, que havia ali. Todavia, decorrido algum tempo, e novamente este ódio mútuo ocultou-se sob a paixão, isto é, sob a sensualidade, e eu consolei-me novamente com o pensamento de que as duas brigas foram erros que se poderiam ainda corrigir. Mas eis que sobrevieram uma terceira, uma quarta briga, e eu compreendi que não se tratava de um acaso, mas que isto devia ser assim, e que assim seria, e horrorizei-me ante o que me aguardava. Ao mesmo tempo, atormentava-me ainda o pensamento horrível de que eu era o único a viver tão mal com a esposa, de maneira tão diversa da que eu esperara, enquanto com os outros casais isto não acontecia. Eu ainda não sabia então que se tratava de um destino comum, e que todos, como eu, pensavam tratar-se da sua infelicidade excepcional, que escondiam esta sua infelicidade excepcional, vergonhosa, não somente dos outros, mas também de si mesmos, não o confessando sequer a si.

Isto começou desde os primeiros dias e prosseguiu o tempo todo, fortalecendo-se e encarniçando-se cada vez mais. Desde as primeiras semanas, senti no fundo da alma que eu *fora apanhado*, que saíra algo diverso do que eu esperava, que o matrimônio não só não constituía uma felicidade, como era algo muito penoso, mas, a exemplo dos demais, não queria confessá-lo a mim mesmo (não o confessaria a mim também agora, se não tivesse sobrevindo o final) e ocultava--o não só dos demais, mas também de mim. Agora me espanto por não ter percebido então a minha verdadeira situação. Ela podia ser percebida pelo simples fato de que as brigas começavam com tais pretextos que era impossível depois, quando elas acabavam, lembrar-lhes a causa. A razão não conseguia forjar a tempo pretextos suficientes para a hostilidade sempre existente entre nós. Era, porém, ainda mais surpreendente a insuficiência dos pretextos para as pazes. Às vezes, havia palavras, explicações, lágrimas até, mas às vezes... Oh! mesmo agora, dá mal-estar lembrá-lo: depois das palavras mais cruéis, de repente olhares em silêncio, sorrisos, beijos, abraços... Puf, que vileza! Como eu pude não ver então toda essa ignomínia?...

XIII

Dois passageiros subiram para o vagão e começaram a acomodar-se num banco afastado. Ele se calou enquanto se acomodavam, mas, apenas se aquietaram, prosseguiu, aparentemente não perdendo por um instante sequer o fio do seu pensamento.

— A maior imundície está no seguinte — começou ele —, supõe-se em teoria que o amor é algo ideal, elevado, mas na prática o amor é ignóbil, porco, sendo repugnante e vergonhoso falar e lembrar-se dele. Não foi por acaso que a natureza fez com que fosse repugnante e vergonhoso. E assim deve ser compreendido. E no caso, pelo contrário, as pessoas fingem que o repugnante e vergonhoso é belo e sublime. Quais foram os primeiros indícios do meu amor? Consistiram em que me entreguei a excessos animais, não só não me envergonhando deles, mas por algum motivo orgulhando-me com a possibilidade desses excessos físicos, não pensando ao mesmo tempo não só na vida espiritual dela, mas até na sua vida física. Eu me espantava por não saber de onde surgia o nosso rancor mútuo, mas o caso era completamente claro: esse rancor não era outra coisa senão um protesto da natureza humana contra o animal que a esmagava.

Eu me espantava com o nosso ódio recíproco. Mas bem que isto nem podia ser de outro modo. Este ódio era simplesmente o ódio mútuo dos cúmplices de um crime: tanto por causa do incitamento como da participação nele. Como não era crime, se ela, coitada, engravidou já no primeiro mês, e a nossa ligação suína continuou? O senhor pensa que eu me afasto do relato? Nem um pouco! Estou lhe contando, ainda, como foi que matei minha mulher. No julgamento, perguntaram-me com o que foi, e como a matei. Gente tola! Pensam que a matei então, à faca, no dia cinco de outubro. Não foi então que a matei, e sim muito antes. Exatamente como agora eles assassinam, todos, todos...

— Mas com o quê? — perguntei.

— O mais espantoso está justamente em que ninguém queira saber aquilo que é tão claro e evidente, aquilo que devem conhecer e pregar os médicos, mas sobre o que se calam. O caso é terrivelmente simples. O homem e a mulher foram criados como animais, de modo que, depois do amor carnal, começa a gravidez, seguida da amamentação, estados em que o amor carnal é nocivo tanto para a mulher como para o filho. Existe número igual de homens e mulheres. O que decorre disso? Parece claro. E não é preciso muita sabedoria para tirar daí a conclusão que fazem os animais, isto é, a abstenção. Mas não. A ciência chegou a tal ponto que descobriu não sei que leucócitos, que correm no sangue, e toda espécie de tolices desnecessárias, mas não conseguiu ainda compreender isto. Pelo menos, não se ouve que ela o diga.

E eis que sobram para a mulher apenas duas soluções: a primeira consiste em fazer de si um monstro, destruir em si ou ficar destruindo, na medida das necessidades, a capacidade de ser mulher, isto é, mãe, a fim de que o homem possa ter um prazer tranquilo e permanente; ou a segunda solução, e até mesmo não uma solução, mas uma transgressão simples, grosseira, direta, das leis da natureza, que se comete em todas as assim chamadas famílias honestas. E consiste precisamente em que a mulher, contrariando a sua natureza, deve ser ao mesmo tempo grávida, nutriz e amante, deve ser aquilo a que nenhum animal se rebaixa. E as suas forças não podem bastar. É por isso que, em nosso meio, aparecem a histeria, os nervos, e entre o povo também. Repare bem, as crises histéricas não aparecem entre as moças do povo puras, mas só entre as mulheres, e mulheres que vivem com os seus maridos. Isto acontece em nosso país. E o mesmo se passa na Europa. Todos os hospitais para histéricas estão repletos de mulheres que transgridem a lei da natureza. Mas as histéricas do povo e as clientes de Charcot são aleijadas de uma vez, enquanto o mundo está cheio de mulheres semialeijadas. Pense-se um pouco na obra grandiosa que se realiza na mulher, quando ela carrega o seu fruto ou alimenta o recém-nascido. Cresce aquilo que nos continua, que nos substitui. E esta obra sagrada é transgredida com o quê? Até assusta pensar! E discutem-se a liberdade, os direitos da mulher. É o mesmo que se uns antropófagos alimentassem os prisioneiros para comê-los depois, e ao mesmo tempo assegurassem estar cuidando dos seus direitos e liberdade.

Tudo isso era novo e espantou-me.

— Mas o que se conclui então? Se é assim — disse eu —, pode-se amar a esposa uma vez em dois anos, mas o homem...

— Ao homem é indispensável — acudiu ele. — Mais uma vez, os simpáticos pontífices da ciência convenceram a todos. Eu mandaria estes feiticeiros executar a função daquelas mulheres que, na opinião deles, são indispensáveis aos homens; o que diriam então? Sugestione uma pessoa no sentido de que a vodca, o fumo, o ópio lhe são indispensáveis, e tudo isto há de se torná-lo realmente. Conclui-se que Deus não compreendia o que era preciso, e que por isso, não tendo consultado os feiticeiros, arranjou mal as coisas. Como vê, é aí que o carro pega. É necessário e indispensável ao homem, decidiram eles, satisfazer a luxúria, e no caso surgiram as complicações do nascimento dos filhos e da sua amamentação, que impedem a satisfação dessa necessidade. O que fazer então? Dirigir-se aos feiticeiros, que hão de arranjar tudo. E eles inventaram coisas. Oh, quando esses feiticeiros deixarão os seus embustes? Já não é sem tempo! Eis ao que se chegou, há gente que perde o juízo, outros que se suicidam, e tudo isso pela mesma razão. E como podia ser diferente? Os animais parecem saber que a descendência continua a sua espécie, e sob este aspecto obedecem a determinada lei. Somente o homem não sabe isso e não quer saber. E preocupa-se unicamente em ter o máximo de prazer. E isto quem? O rei da natureza, o homem. Observe o seguinte: os animais unem-se unicamente quando podem engendrar uma descendência, e o imundo rei da natureza, sempre que lhe apraz. E, como se fosse pouco, eleva essa ocupação simiesca a pérola da criação, a amor. E em nome desse amor, isto é, dessa ignomínia, destrói — o quê? — a metade do gênero humano. Todas as mulheres que deveriam ser auxiliares no movimento da humanidade para o bem e a verdade, são por ele transformadas, em nome do seu prazer, em inimigas. Veja o que freia em toda parte o movimento da humanidade para frente. As mulheres. E por que elas são assim? Unicamente por isso. Sim, sim — repetiu algumas vezes, e começou a mexer-se, a apanhar cigarros e a fumar, querendo provavelmente acalmar-se um pouco.

XIV

— Pois bem, vivi como um porco — prosseguiu novamente, no mesmo tom. — O pior consistia em que, vivendo esta existência vil, eu imaginava que, pelo fato de não ficar seduzido por outras mulheres, eu vivia uma honesta vida familiar, que era um homem moral e que não tinha culpa de coisa alguma, e se havia brigas entre nós dois, ela é que tinha culpa, o seu gênio.

Mas ela, naturalmente, não era culpada. Ela assemelhava-se às demais, à maioria. Fora educada como o exige a condição da mulher em nossa sociedade, como são educadas sem exceção as mulheres das classes abastadas, e como elas não podem deixar de ser educadas. Fala-se de não sei que novas escolas femininas. São palavras vazias: a instrução ministrada às mulheres é justamente aquela que deve ser, de acordo com o modo geral de se encarar a mulher, o que existe e não o fingido.

E a instrução da mulher corresponderá sempre à maneira pela qual o homem a encara. Bem que todos nós sabemos como o homem encara a mulher: "*Wein, Weiber und Gesang*",[16] e o mesmo dizem os poetas em seus versos. Veja toda a poesia, toda a pintura, toda a escultura, a começar pelos versos de amor e pelas Vênus e Frineias despidas, o senhor vê que a mulher é um instrumento de prazer; ela é assim nas ruas de Trubá e de Gratchovka,[17] e também no baile da corte. E observe a artimanha do demônio: ora, um prazer, um deleite, podia-se bem admitir isso, dizer que a mulher é um bocado de doce. Não, a princípio, os cavaleiros afirmavam venerar a mulher (veneravam, mas assim mesmo olhavam-na como um instrumento de prazer). E agora asseguram que res-

[16] Em alemão no original: "vinho, mulher e canção". (N. do T.)

[17] Ruas de Moscou, conhecidas por seus bordéis. (N. do T.)

peitam a mulher. Uns cedem-lhe o lugar, levantam-lhe um lenço; outros reconhecem o seu direito de ocupar todos os cargos, de participar no governo, etc. Fazem tudo isso, mas o modo de encará-la é sempre o mesmo. Ela é um instrumento de prazer. O seu corpo é um meio de prazer. E ela sabe isso. É o mesmo que escravidão. A escravidão não é senão a utilização por alguns do trabalho obrigatório de muitos. E por isso, para que não haja escravidão, é preciso que os homens não queiram utilizar o trabalho obrigatório de outrem, que o considerem um pecado ou uma vergonha. E no entanto, mudam de repente a forma exterior da escravidão, arranjam as coisas de tal modo que não se possa mais passar escritura de posse de escravos, e então imaginam e convencem a si mesmos que a escravidão não existe mais, e não veem e não querem ver que ela continua a existir, porque os homens gostam e consideram bom e justo utilizar o trabalho alheio. E visto que eles logo o consideram bom, sempre se encontra gente mais forte e mais esperta que os demais, e que sabe fazê-lo. O mesmo se dá com a emancipação da mulher. A escravidão da mulher consiste unicamente em que os homens querem e consideram muito bom utilizá-la como um instrumento de prazer. Bem, e ei-los que libertam a mulher, concedem-lhe toda espécie de direitos, iguais aos do homem, mas continuam a ver nela um instrumento de prazer, e assim a educam na infância e, depois, por meio da opinião pública. E eis que ela continua sendo a mesma escrava humilhada e pervertida, e o homem o mesmo senhor pervertido de escravos.

Libertam a mulher nas escolas e nos parlamentos, mas olham-na como um objeto de prazer. Ensinem-lhe, como ela foi ensinada em nosso meio, a olhar assim para si mesma, e ela sempre permanecerá um ser inferior. Ou ela evitará, com a ajuda de médicos canalhas, a concepção dos filhos, isto é, será plenamente uma prostituta, degradada não ao nível de um bicho, mas de um objeto inanimado, ou então será aquilo que é na maioria dos casos: uma doente do espírito, histérica, infeliz, como elas são realmente, e sem nenhuma possibilidade de desenvolvimento espiritual.

Ginásios e escolas superiores não podem alterar isso. Pode mudá-lo unicamente a modificação do modo pelo qual o homem olha a mulher, e pelo qual ela mesma se olha. Isto se modificará unicamente quando a mulher passar a considerar a condição de virgem como a mais elevada, e não como agora, quando a condição mais alta de uma pessoa considera-se uma vergonha, um opróbrio. Mas enquanto isto não se dá, o ideal de toda moça, de qualquer nível de instrução, consistirá sempre em atrair o maior número possível de homens, de machos, para ter a possibilidade da escolha.

E o fato de uma saber mais matemática e outra saber tocar harpa não modificará nada. A mulher é feliz e alcança tudo o que pode desejar, quando ela deixa um homem seduzido. E por isso o maior problema da mulher é saber seduzi-lo. Assim foi e assim será. Assim acontece na vida de moça solteira, em nosso mundo, e assim continua na de casada. Na vida de moça, isso é necessário para a escolha, na de casada, para o domínio sobre o marido.

A única circunstância que interrompe ou pelo menos abafa isso temporariamente são os filhos, e assim mesmo só no caso em que a mulher não é um monstro, quer dizer, quando ela amamenta. Mas aí aparecem de novo os médicos.

No caso da minha mulher, desejosa de amamentar, e que amamentou as cinco crianças seguintes, aconteceu que o primeiro filho ficou adoentado. Esses médicos, que a despiam cinicamente e apalpavam-na em todas as partes, pelo que eu tinha de agradecer-lhes e pagar-lhes dinheiro, estes simpáticos médicos acharam que ela não devia amamentar, e nos primeiros tempos ela ficou privada do único recurso que poderia livrá-la do coquetismo. Quem amamentou foi uma nutriz, isto é, nós nos aproveitamos da pobreza, das necessidades e da ignorância de uma mulher, induzimo-la a deixar o seu filho para ficar com o nosso, e por isso vestimos-lhe um *okóschnik*[18] provido de galões. Mas não é nisso que consiste o caso. O caso está em que, justamente nesse período da sua liberdade da gravidez e da amamentação, manifestou-se nela com particular intensidade esse coquetismo feminino, antes adormecido. E, paralelamente, manifestaram-se em mim, também com uma intensidade particular, os tormentos do ciúme, que me atenazaram incessantemente em todo o decorrer da minha vida conjugal, pois eles nem podem deixar de atenazar todos os maridos que vivem com as mulheres como eu vivia, isto é, de maneira imoral.

XV

— Em todo o tempo da minha vida conjugal, nunca deixei de experimentar os tormentos do ciúme. Mas houve períodos em que sofri isto com particular brutalidade. E um desses períodos foi quando, após o primeiro filho, os médicos proibiram-lhe a amamentação. Eu estava então particularmente enciumado, em primeiro lugar porque minha mulher passava por aquela inquietação inerente às mães, provocada obrigatoriamente pela alteração sem motivo do ritmo certo da existência; em segundo, porque, vendo com que ligeireza ela atirara para um lado a obrigação moral de mãe, eu concluí com justeza, embora inconscientemente, que lhe seria igualmente fácil jogar fora a obrigação conjugal, tanto mais que ela estava em pleno gozo da saúde e, não obstante a proibição dos simpáticos médicos, amamentou pessoalmente os filhos seguintes e fê-lo admiravelmente.

— Bem que o senhor não gosta de médicos — disse eu, depois de notar a expressão particularmente má de sua voz, toda vez que se referia a eles.

[18] Espécie de touca usada na Rússia antiga, e que subsistiu em certos trajes regionais. (N. do T.)

— Aqui não se trata de amor ou desamor. Eles destruíram a minha vida, assim como já destruíram e destroem ainda as vidas de milhares, de centenas de milhares de pessoas, e eu não posso deixar de ligar causa e efeito. Compreendo que eles queiram ganhar dinheiro, a exemplo dos advogados e de outros, e eu lhes entregaria de bom grado metade das minhas rendas, e cada um, se compreendesse o que eles fazem, dar-lhes-ia de bom grado a metade dos seus bens, com a condição de não se intrometerem na sua vida familiar, de nunca se aproximarem muito da sua pessoa. Eu não colecionei dados, mas sei de dezenas de casos — e eles vão ao infinito — em que ora eles mataram uma criança no ventre da mãe, assegurando que esta era incapaz de dar à luz, mas depois ela o fez muito bem com outras crianças, ora mataram mães na forma de não sei que operações. E ninguém conta estes assassínios como não se contavam os assassínios da Inquisição, porque se supunha que eram para o bem da humanidade. Não se pode computar os crimes que eles cometem. Mas todos esses crimes não são nada, comparados com a corrupção moral do materialismo, que eles introduzem no mundo, sobretudo por intermédio das mulheres. Ademais, se seguíssemos as suas prescrições, os homens deveriam todos e em toda parte, por causa do contágio, orientar-se não para a união, mas para a desunião: todos devem, segundo eles ensinam, ficar isolados e não tirar da boca um vaporizador de fenol (aliás, já descobriram que este não serve mais). Mas isso também não faz mal. O maior veneno está na corrupção das pessoas, das mulheres principalmente.

Hoje em dia, não se pode mais dizer: "Vives mal, vive melhor"; não se pode dizê-lo a si mesmo, nem a outrem. Pois, se vives mal, a causa está no funcionamento irregular do sistema nervoso ou coisa no gênero. Deve-se procurá-los, e eles nos receitam trinta e cinco copeques de remédio, e deve-se tomá-lo. Se você piora ainda, então tome mais remédios, procure mais doutores. É magnífico!

Mas não é disso que se trata. Eu dizia apenas que ela amamentou muito bem, pessoalmente, os filhos, e que somente os períodos de gravidez e aleitamento livravam-me dos tormentos do ciúme. Não fosse isso, e tudo teria acontecido mais cedo. Os filhos salvavam-me, e a ela também. Em oito anos, ela deu à luz cinco crianças. E amamentou a todos.

— Mas onde estão agora os seus filhos? — perguntei.

— Os filhos? — repetiu ele, assustado.

— Desculpe-me, talvez lhe seja penoso lembrá-lo?

— Não, não é nada. Os meus filhos foram adotados pela minha cunhada e seu irmão. Eles não me deixaram ficar com as crianças. Entreguei-lhes a minha fortuna, e eles não me entregaram as crianças. Sou uma espécie de louco. Agora, estou vindo da casa deles. Vi-os, mas eles não me entregarão os meus filhos. Senão, educá-los-ia de modo a não se parecerem com os seus pais. E é preciso que sejam iguais a estes. Bem, que fazer?! Está claro que não os entregarão, não os confiarão a mim. E eu nem sei se teria forças para educá-los. Creio que não. Sou uma ruína, um aleijão. Mas uma coisa existe em mim. Eu sei. Sim, é certo que eu sei aquilo que todos não saberão tão cedo.

Sim, meus filhos estão vivos e crescem tão selvagens como todos em volta deles. Vi-os, vi-os três vezes. Não posso fazer nada por eles. Nada. Vou agora para o Sul. Tenho ali uma casinha com jardim.

Sim, não será tão cedo que os homens vão saber aquilo que eu sei. Pode-se adquirir depressa o conhecimento sobre o teor de ferro no sol e nas estrelas e que outros metais existem lá; mas aquilo que desmascara a nossa porcaria é difícil, tremendamente difícil...

O senhor pelo menos me ouve, sou-lhe grato por isso.

XVI

— O senhor se referiu aos filhos. Também nisso, nas conversas sobre filhos, há um embuste horrível. As crianças são uma bênção divina, as crianças são alegria. Bem que tudo isso é mentira. Tudo isto já existiu um dia, mas agora não há nada no gênero. Os filhos são um tormento e nada mais. A maior parte das mães sente justamente isso, e às vezes dizem-no, sem querer, assim mesmo. Pergunte à maioria das mães do nosso círculo de gente abastada, e elas lhe dirão que, devido ao medo de que as crianças adoeçam e morram, elas não querem ter filhos, e que não querem amamentar se já deram à luz, a fim de não se afeiçoar e não sofrer. O prazer que lhes dá uma criança com o seu encanto, o encanto dessas mãozinhas, perninhas, de todo o corpinho, é menor que o sofrimento experimentado por elas já não digo em caso de doença ou morte, mas pelo simples medo dessa possibilidade. Depois de pesar as vantagens e prejuízos, verifica-se que é desvantajoso, e por isso indesejável ter filhos. Elas dizem-no direta, corajosamente, imaginando que esses sentimentos originam-se do amor aos filhos, sentimentos bons e louváveis, dos quais se orgulham. Nem percebem que, com esse raciocínio, negam diretamente o amor e afirmam unicamente o seu próprio egoísmo. Elas têm menos prazer no encanto de uma criança que sofrimento no temor por ela, e por isso não precisam de uma criança para amar. Não se sacrificam pela criatura amada, mas sacrificam em seu próprio proveito aquela que deveria ser uma criatura amada.

Está claro que não é amor, e sim egoísmo. Mas a mão não se levanta para acusar essas mães de família abastadas por este egoísmo, quando acode à mente tudo o que elas sofreram em relação à saúde dos filhos, graças, mais uma vez, aos mesmos médicos que atuam em nosso meio privilegiado. Fico horrorizado ao lembrar, mesmo agora, a vida e o estado de minha mulher nos primeiros tempos, quando tínhamos três, quatro filhos, e ela estava completamente absorvida por eles. A nossa vida não existia de uma vez. O que havia era um perigo infindável, uma defesa contra este, o perigo que tornava a sobrevir, novos esforços desesperados e mais uma vez a salvação: continuamente, um estado de quem está num navio que naufraga. Parecia-me às vezes que isso fazia-se de propósito, que ela fingia inquietar-se com as crianças, a fim de me derrotar. E isso decidia de modo atraente, com simplicidade, todos os problemas em favor dela. Eu tinha às vezes a impressão de que tudo o que ela fazia e dizia nesses casos era com determinada intenção. Mas não, ela mesma sofria tremendamente e torturava-se sem cessar por causa das crianças, da sua saúde e das suas doenças. Era um suplício para ela e para mim também. E ela não podia deixar de se atormentar. A exemplo do que sucede com a maioria das mulheres, havia a atração pelos filhos, uma necessidade animal de alimentá-los, mimá-los, defendê-los, mas não existia aquilo que existe entre os animais: a ausência da razão e da imaginação. Uma galinha não teme o que pode acontecer ao seu pinto, não conhece todas as doenças que podem afetá-lo, não está a par de todos os recursos com os quais os homens imaginam poder proteger os seus contra a doença e a morte. E os filhos não constituem para a galinha um sofrimento. Ela faz pelos seus pintos aquilo que lhe é inerente, e fá-lo com alegria; os filhos são para ela uma alegria. E se um pinto adoece, as preocupações dela são muito específicas: ela o aquece e alimenta. E fazendo-o, sabe que faz tudo o que é necessário. Se o pinto morre, ela não se pergunta para que ele morreu, para onde foi; cacareja um pouco, depois para e continua a viver como antes. Mas coisa diversa acontece com as nossas infelizes mulheres, e aconteceu também com a minha, não só quanto a doenças e métodos de tratamento, mas também quanto aos processos educativos e da criação em geral, ela ouvia de todos os lados e lia regras de uma variedade infinita e continuamente mutáveis. Alimentar com isso, com aquilo; não, não é com isso nem com aquilo, mas com aquilo outro; vestir, dar de beber, banhar, pôr para dormir, passear, o ar, sobre tudo isso, nós — ela mais que eu — descobríamos todas as semanas regras novas. Era como se as crianças tivessem começado a nascer apenas um dia antes. E se não alimentaram a criança como se devia, se banharam-na de modo errado, fora da hora certa, eis que o filho adoece, e a culpada é ela, que fez o contrário do que devia.

Isso enquanto há saúde. Já é um sofrimento. Mas se a criança adoece, está tudo acabado. É um verdadeiro inferno. Supõe-se que a doença pode ser tratada e que existem para tal fim uma ciência e gente adequada: os médicos, que sabem fazê-lo. Nem todos, mas os melhores sabem. E eis que a criança adoeceu, e é preciso encontrar este melhor dos médicos, o que salva, e então a criança estará realmente a salvo; e se não se chama este médico, ou se se reside fora do lugar onde existe esse médico, a criança está perdida. E isso não era uma crença inerente apenas a minha mulher, era uma crença de todo o seu círculo, e de todos os lados ela ouvia sempre o seguinte: Iecatierina Siemiônovna perdeu dois filhos, porque não chamara a tempo Ivan Zakháritch, e em casa de Mária Ivánovna, Ivan Zakháritch salvou a menina mais velha; os Pietróv, a conselho médico, espalharam-se por diferentes hotéis, e ficaram vivos, outros não fizeram isso, e perderam filhos. Uma outra tinha uma criança fraca, viajou, a conselho médico, para o Sul, e salvou-se a criança. Como, pois, não se atormentar e não se perturbar a vida inteira, se a vida dos filhos, aos quais ela afeiçoara-se como um animal, dependia de que ela soubesse a tempo o que Ivan Zakháritch tinha a dizer sobre determinado assunto. E ninguém sabia o que ele diria, e muito menos ele mesmo, porquanto sabia muito bem que não sabia nada e não podia em nada ajudar, mas apenas se agitava ao deus-dará, fazendo o possível para que os demais não deixassem de crer que ele sabia alguma coisa. Se ela fosse totalmente um animal, não sofreria tanto; e se fosse totalmente um ser humano, teria fé em Deus, e diria e pensaria como dizem as mulheres crentes do povo: "Deus deu, Deus tira, de Deus ninguém escapa". Ela pensaria que a vida e a morte tanto dos homens em geral como dos seus filhos estavam fora do poder humano, e sob o poder unicamente de Deus, e então ela não se atormentaria com o fato de ter tido o poder de evitar as doenças e a morte dos filhos, e não o ter feito. A situação que se apresentava a ela era a seguinte: foram-lhe dados uns seres fracos, os mais frágeis de todos, sujeitos a uma infinidade de males. Ela sentia uma afeição apaixonada, animal, por esses seres. Ademais, eles lhe foram confiados, e ao mesmo tempo os meios para a sua conservação estão ocultos de nós, mas foram revelados a uma gente de todo estranha, cujos serviços e conselhos podem ser adquiridos unicamente por muito dinheiro, e assim mesmo nem sempre.

Toda a vida com os filhos era para minha mulher, e por conseguinte para mim também, não uma alegria, mas um tormento. Como não se atormentar? E ela atormentava-se sem cessar. Acontecia-nos acabar de acalmar-nos após alguma cena de ciúme ou simples briga e pensar em viver um pouco, ler e refletir; mas bastava pôr a mão em alguma ocupação, chegava de repente a notícia de que Vássia tinha vômitos, Macha estava sangrando ou Andriucha[19] ficara com uma erupção, e naturalmente acabava-se o sossego. Para onde tocar o cavalo, à procura de que médicos, para onde levar as crianças? E começam aí os clisteres, as tomadas de temperatura, as poções, os médicos. E isso nem acabou ainda, e já se inicia algo novo. Não havia uma vida familiar correta, firme. O que havia, conforme eu já disse ao senhor, era uma contínua defesa contra perigos reais e imaginários. É o que sucede atualmente na maioria das famílias. E na minha isso aparecia de modo

[19] Vássia, Macha e Andriucha: diminutivos de Vassíli, Mária e Andriéi, respectivamente. (N. do T.)

particularmente abrupto. Minha mulher era crédula e boa mãe de família.

De modo que a presença dos filhos não só não melhorava a nossa vida, mas envenenava. Ademais, os filhos constituíam para nós mais um pretexto de divergência. Desde que apareceram os filhos, quanto mais eles cresciam, mais frequentemente se tornavam meio e objeto de divergência. E não só objeto de divergência, mas também uma arma na luta; era como se brigássemos por meio dos filhos. Cada um de nós tinha o filho predileto: a arma na luta. Eu brigava principalmente por meio de Vássia, o mais velho, e ela por meio de Lisa.[20] Também, quando as crianças cresceram e começaram a definir-se os gênios, tornaram-se aliados, que nós atraíamos, cada um para o seu lado. Os coitados sofriam com isto terrivelmente, mas, em nossa guerra incessante, o pensamento não podia fixar-se neles. A menina era minha aliada, e o menino mais velho, parecido com minha mulher e seu predileto, era-me frequentemente odioso.

XVII

— Pois bem, assim vivemos. As relações tornavam-se cada vez mais inamistosas. E, finalmente, chegaram a tal ponto que não era mais uma divergência que provocava a hostilidade, mas esta é que suscitava divergência: dissesse ela o que dissesse, eu já estava de antemão em desacordo, e o mesmo se dava com ela em relação a mim.

Passados três anos, decidiu-se de parte a parte, como que espontaneamente, que éramos incapazes de compreender-nos, de concordar um com o outro. Desistimos de uma vez de tentar um acordo a fundo. Cada um mantinha inabalável a sua opinião sobre as coisas mais simples, particularmente no que

[20] Diminutivo de Ielisavieta (Elisabete). (N. do T.)

se referia aos filhos. Conforme eu me lembro agora, as opiniões que então defendia não me eram de modo algum tão caras, a ponto de não poder fazer concessões à custa delas; mas a minha mulher era da opinião contrária, e ceder no caso significava ceder a ela. E eu não podia fazer isto. Nem ela. Provavelmente, sempre se considerava com absoluta razão em face de mim, e eu, aos meus próprios olhos, era sempre um santo perante ela. Quando a sós, estávamos quase condenados ao silêncio ou a conversas que, estou certo, os animais podem ter entre si: "Que horas são? Está na hora de dormir. O que há para o jantar? Aonde vamos? O que escreve o jornal? Chamar o médico. Macha está com dor de garganta". Bastava sair à distância de um fio de cabelo deste círculo de conversas estreitado até o impossível, para que explodisse a irritação. Surgiam choques e expressões de ódio por causa do café, da toalha de mesa, do fiacre, de uma jogada no uíste, tudo assuntos que não podiam ter nenhuma importância, quer para um quer para o outro. Em mim, pelo menos, fervia frequentemente um ódio tremendo a ela! Olhava às vezes como ela servia o chá, balançava a perna ou levava a colher à boca, como absorvia o líquido, fazendo ruído, e odiava-a justamente por isto, como se fosse a pior das ações. Eu não percebia então que os períodos de raiva surgiam em mim de modo totalmente certo e regular, correspondendo aos períodos daquilo que nós denominávamos amor. Um período de amor, outro de raiva; um período enérgico de amor, um longo período de raiva; manifestação mais fraca de amor, um período curto de raiva. Não compreendíamos então que esse amor e raiva constituíam o mesmo sentimento animal; apenas vindos de partes diferentes. Viver assim seria terrível, se nós compreendêssemos a nossa situação; mas nós não a compreendíamos nem víamos. A salvação e o suplício do homem estão em que, quando ele vive de maneira errada, pode enevoar-se, a fim de não ver a miséria da sua condição. Assim fazíamos também. Ela procurava esquecer-se, por meio de ocupações intensas e sempre apressadas com a casa, os móveis, os trajes seus e das crianças, o estudo e a saúde dos filhos. Quanto a mim, tinha a minha bebedeira: o serviço, a caçada, as cartas. Ambos estávamos continuamente ocupados. Sentíamos que, quanto mais ficávamos ocupados, mais enraivecidos podíamos estar em relação um ao outro. "Para você, é bom fazer caretas" — pensava eu a respeito dela — "mas você judiou de mim a noite inteira com estas cenas, e eu tenho uma reunião." — "Você está bem" — não só pensava, mas também dizia ela — "e eu não dormi a noite inteira, lidando com a criança."

E assim vivemos, numa névoa permanente, não vendo o estado em que nos encontrávamos. E se não tivesse acontecido aquilo que aconteceu, eu viveria assim até a velhice, e pensaria, ao morrer, que tinha vivido uma vida boa, isto é, não especialmente boa, mas também não uma vida má, uma vida como a de todos; e não teria compreendido o abismo de infelicidade e a mentira ignóbil em que eu chafurdava.

Éramos dois grilhetas que se odiavam, ligados pela mesma corrente, que envenenavam a vida um do outro e procuravam não ver isso. Eu então não sabia ainda que 99% dos esposos vivem no mesmo inferno em que eu vivia, e que isso não pode ser diferente. Não o sabia ainda quer a respeito dos demais, quer de mim mesmo.

Que surpreendentes coincidências ocorrem numa vida certa e mesmo numa errada! Justamente no momento em que os pais fazem a existência insuportável um para o outro, as condições da vida urbana tornam-se indispensáveis para a educação dos filhos. E eis que surge a necessidade de mudança para a cidade.

Calou-se e, umas duas vezes, emitiu os seus sons estranhos, que já se pareciam completamente com soluços contidos. Estávamos acercando-nos de uma estação.

— Que horas são? — perguntou ele.

Espiei, eram duas horas.

— O senhor não está cansado? — perguntou ele.

— Não, mas o senhor está.

— Estou sufocando. Se me dá licença, vou dar uma volta e tomar um pouco de água.

Atravessou o vagão cambaleando. Fiquei sentado sozinho, reexaminando tudo o que ele me dissera, e imergi a tal ponto nos meus pensamentos que nem percebi quando ele voltou por outra porta.

XVIII

— Sim, continuo na minha exaltação — começou ele. — Pensei muito, muita coisa eu encaro atualmente de outra maneira, e dá vontade de dizer tudo isso. Pois bem, começamos a nossa vida na cidade. Ali, a vida é melhor para as pessoas infelizes. Na cidade, um homem pode viver cem anos e nem perceber que já morreu e apodreceu há muito. Não há tempo para alguém examinar a si mesmo, está tudo ocupado. Os negócios, as relações sociais, a saúde, as artes, a saúde dos filhos, a sua educação. Ora é preciso receber esses e aqueles, ir visitar uns e outros; ora é preciso encontrar-se com esta, ouvir aquele ou aquela. Na cidade, a qualquer momento, há uma, ou simultaneamente duas, três celebridades, que não se pode deixar de ver. Ora é preciso tratar-se ou providenciar o tratamento de outrem, ora são os professores, explicadores, governantas, e a vida corre vazia, vazia. E assim vivemos, sentindo menos dolorosa a nossa coabitação. Além disso, nos primeiros tempos, tínhamos uma ocupação maravilhosa: a instalação na nova cidade, na nova residência, além de outros afazeres: as viagens da cidade para a aldeia e vice-versa.

Passamos na cidade um inverno, e no inverno seguinte teve lugar uma ocorrência imperceptível a todos e que parecia insignificante, mas que na realidade deu origem a tudo o que aconteceu. Ela estava doente e os canalhas proibiram-lhe ter filhos, e ensinaram-lhe um meio para isso. Ele repugnava-me. Lutei, mas ela insistiu no seu ponto de vista, com uma pertinácia leviana, e eu me sujeitei; tirou-se-nos assim a derradeira justificativa de uma vida de suínos: os filhos — e a vida tornou-se ainda mais abjeta.

O mujique, o operário, precisam dos filhos, embora lhes seja difícil alimentá-los, mas eles lhes são necessários, e por isso as suas relações conjugais têm uma justificativa. Mas no nosso caso, os filhos não são necessários, constituem uma preocupação a mais, despesas, a necessidade de subdividir mais as heranças, são uma sobrecarga. E, para nós, não existe mais qualquer justificativa para a vida de suínos. Ou livramo-nos artificialmente dos filhos, ou estes são aos nossos olhos uma infelicidade, a consequência de um descuido, o que é mais abjeto ainda. Não há justificativas. Mas nós decaímos tanto moralmente que nem vemos a necessidade de uma justificativa. A maioria do atual mundo culto entrega-se a essa devassidão, sem a mínima dor de consciência.

Não se tem nada para doer, pois em nosso meio não existe qualquer espécie de consciência, a não ser, se se pode chamá-la assim, a consciência da opinião pública e da lei penal. E, no caso, não se infringe uma nem a outra: não há motivo para se envergonhar perante a sociedade, *todos* fazem isso: a própria Mária Pávlovna, Ivan Zakháritch, etc. E para que multiplicar o número dos mendigos ou privar-se da possibilidade de uma vida social? Não há também motivo para se envergonhar perante a lei penal ou temê-la. Só mesmo raparigas monstruosas e mulheres de soldado jogam crianças em açudes e poços; elas, é claro, devem ir para a cadeia, mas, em nosso meio, tudo se faz em tempo adequado e com limpeza.

Assim vivemos mais dois anos. O meio indicado pelos canalhas começou, aparentemente, a surtir efeito; ela melhorou fisicamente, tornou-se mais bonita, a exemplo da beleza derradeira do verão. Ela sentia isso e ocupava-se de si. Surgiu nela certa beleza provocante, que inquietava as pessoas. Estava na plena força de uma mulher de trinta anos, que não dá à luz e que está supernutrida e excitada. O seu aspecto causava perturbação. Ao passar entre os homens, atraía os seus olhares. Parecia um cavalo por muito tempo parado, supernutrido, e que foi atrelado, tirando-se-lhe ao mesmo tempo o freio. Não havia nenhum freio, como não existe nenhum em 99% das nossas mulheres. Eu sentia isso e tinha medo.

XIX

Ele de repente se levantou e foi sentar-se junto à janela.

— Desculpe-me — disse e, fixando os olhos na janela, calou-se uns três minutos. Depois, emitiu um suspiro pesado e tornou a sentar-se frente a mim. O seu rosto modificou-se completamente, os olhos tornaram-se lastimosos, e um quase sorriso estranho enrugou-lhe os lábios. — Estou um tanto cansado, mas vou contar tudo. Ainda temos muito tempo, nem amanheceu ainda. Pois bem — começou de novo, depois de acender um cigarro —, ela engordou depois que deixara de dar à luz, e essa doença, o eterno sofrimento pelos filhos, começou a passar; não é que passasse de todo, mas ela como que veio a si depois de uma bebedeira, readquiriu a lucidez e viu que existe todo o mundo de Deus, com as suas alegrias, do qual se esquecera, mas no qual ela não sabia viver, o mundo de Deus que ela absolutamente não compreendia. "O principal é não deixar isso escapar! Se o tempo passar, não se poderá trazê-lo de volta!" Assim imagino que ela pensava ou, antes, sentia, e, ademais, não podia pensar e sentir de outra maneira: fora educada com a concepção de que no mundo só existia uma coisa digna de atenção — o amor. Ela casara-se, recebera certa dose desse amor, porém não só muito menos do que se prometera e do que esperava, mas também inúmeras decepções, sofrimentos e uma tortura inesperada: os filhos! Este sofrimento a deixara esgotada. E eis que, graças aos prestativos médicos, ela soube que se podia também passar sem filhos. Alegrou-se, experimentou-o e tornou a reviver para aquele objeto único que ela conhecia: o amor. Mas o amor com um marido enodoado pelo ciúme e por toda espécie de rancores não era mais o mesmo. Começou a imaginar um outro amor, novinho, purinho, pelo menos eu pensava assim a respeito dela. E ei-la que começou a olhar para trás, como se esperasse algo. Eu via isso e não podia deixar de me alarmar. A partir de então, com muita frequência, ao conversar comigo, como de costume, por intermédio de outrem, isto é, falando com outras pessoas, mas dirigindo as palavras a mim, ela expressava ousadamente, não pensando de modo algum em que, uma hora antes, dissera o oposto, expressava meio a sério que os cuidados de mãe são mentira, que não valia a pena entregar a vida aos filhos, quando existia a mocidade e podia-se gozar a vida. Ocupava-se menos dos filhos, sem o desespero de antes, mas cada vez mais ocupava-se de si, com a sua aparência, embora o ocultasse com os seus prazeres e mesmo com o autoaperfeiçoamento. Dedicou-se de novo, com arrebatamento, ao piano, que havia abandonado de todo. E tudo começou por isso.

Tornou a voltar para a janela os seus olhos cansados, mas imediatamente prosseguiu, com um esforço evidente sobre si mesmo:

— Sim, apareceu este homem. — Ficou perturbado e umas duas vezes emitiu com o nariz os seus sons peculiares.

Eu via que era para ele um sofrimento dizer o nome daquele homem, lembrá-lo, falar dele. Mas fez um esforço e, tendo como que rompido o obstáculo que o detinha, prosseguiu decidido:

— Era na minha opinião, aos meus olhos, um homúnculo bem ordinário. E não por causa do sentido que ele teve em minha vida, mas porque realmente era assim. Aliás, o fato de que ele fosse tão ruim serviu apenas de prova de como ela era irresponsável. Não fosse ele, e seria um outro, isso tinha de acontecer. — Calou-se novamente. — Sim, era um músico, um violinista; não um músico profissional, mas um homem meio profissional, meio de sociedade.

O pai dele, um proprietário rural, fora vizinho do meu. Ele, isto é, o pai, arruinara-se, e os filhos — eram três meninos — empregaram-se; somente este mesmo, o caçula, foi enviado a Paris, para junto da madrinha. Ali o matricularam no conservatório, pois tinha talento musical, e tornou-se violinista, tocava em concertos. Era um homem... — Desejando provavelmente dizer algo ruim a seu respeito, conteve-se e disse depressa: — Ora, não sei como ele vivia por lá, mas sei que naquele ano voltou para a Rússia e apareceu em minha casa.

Com os seus olhos de amêndoa, úmidos, lábios vermelhos, sorridentes, bigodinho com fixador, penteado da última moda, um rosto bonitinho e vulgar, era o que as mulheres chamam de um tipo "boa-pinta", e tinha compleição frágil, embora não disforme, com um traseiro particularmente desenvolvido, parecendo de mulher, como, segundo dizem, existem entre os hotentotes. Estes, segundo se diz, são também musicais. Procurando impor a familiaridade na medida do possível, mas sensível e sempre pronto a deter-se ao primeiro sinal de resistência, mantendo sempre a dignidade aparente, tinha aquele matiz parisiense peculiar nos sapatos de botões e nas cores vivas da gravata e de outras partes do vestuário, que os estrangeiros assimilam em Paris, e que, por sua novidade particular, sempre impressiona as mulheres. Possuía maneiras afetadas e uma alegria exterior. Um jeito, sabe, de falar a respeito de tudo por meio de alusões e fragmentariamente, como se o seu interlocutor soubesse, lembrasse e pudesse completar tudo por si.

Pois bem, ele e a sua música é que foram a causa de tudo. No julgamento, o caso foi apresentado como se tudo tivesse acontecido por causa do ciúme. Não houve nada disso, isto é, não é que não houvesse, mas não foi exatamente assim. No julgamento, decidiu-se que fui um marido enganado e que matei defendendo a minha honra maculada (é assim que isto se chama à maneira deles). E foi por isso que me absolveram. No decorrer do julgamento, procurei esclarecer a essência do caso, mas eles pensaram que eu queria reabilitar a honra de minha mulher.

As relações dela com esse músico, fosse qual fosse a natureza delas, não têm para mim nenhum sentido, e para ela também. Mas o que tem sentido é aquilo que eu contei ao senhor, isto é, a minha imundície. Tudo aconteceu porque existia entre nós aquele terrível sorvedouro de que lhe falei, aquela terrível tensão do ódio recíproco, com a qual é suficiente o primeiro pretexto para ocorrer a crise. As nossas brigas tornaram-se, nos últimos tempos, algo terrível e eram sobremaneira violentas, sendo seguidas também por transportes de paixão tensos, animais.

Se ele não tivesse aparecido, seria um outro. Se não houvesse o pretexto do ciúme, haveria outro. Insisto: todos os maridos que vivem como eu vivia têm que se entregar à devassidão, divorciar-se ou matar a si mesmo ou a esposa, como eu fiz. Se isso deixou de acontecer a alguém, trata-se de uma exceção particularmente rara. E antes de acabar como acabei, eu estivera algumas vezes à beira do suicídio, e ela também tentara se envenenar.

XX

— Sim, aconteceu assim, um pouco antes daquilo.

Estávamos vivendo como que uma trégua e não havia nenhum motivo para rompê-la. De repente, inicio uma conversa no sentido de que determinado cachorro recebeu uma medalha na exposição. Ela diz: "Não foi medalha, e sim menção honrosa". Começa uma discussão. Têm lugar saltos de um assunto a outro, censuras: "Ora, isto já se sabe há muito tempo, é sempre assim: você disse..." — "Não, eu não disse." — "Quer dizer que estou mentindo!...". Sente-se que, mais um instante, e vai começar aquela terrível modalidade de discussão em que se tem vontade de suicidar-se ou de matar a mulher. Você sabe que isso vai começar logo, e teme-o como o fogo, e por isso gostaria de conter-se, mas sente todo o seu ser tomado pela raiva. Ela está na mesma situação, ainda pior que aquela em que você se encontra, torna intencionalmente a comentar cada uma das palavras que você diz, dando-lhe um sentido falso; cada uma das suas palavras está impregnada de veneno; e ela dá a alfinetada justamente no ponto em que sabe que me dói mais. E cada vez mais. Grito: "Cale-se!" ou algo no gênero. Ela sai da sala correndo, na direção do quarto das crianças. Procuro detê-la, a fim de acabar de dizer o que quero, demonstrar-lhe isso, e agarro-lhe a mão. Ela finge que eu lhe causei dor e grita: "Crianças, o pai de vocês está batendo em mim!". Grito: "Não minta!" — "E não é a primeira vez!" — grita ela, ou algo semelhante. As crianças correm na sua direção. Ela as acalma. Digo: "Não finja!". Replica: "Para você, tudo é fingimento; um dia, vai matar uma pessoa e ainda a acusará de estar então fingindo. Agora, compreendi você. É justamente o que deseja!" — "Oh, se você rebentasse de vez!" — grito. Lembro-me de como fiquei horrorizado com essas palavras terríveis. Eu não esperava de modo algum que fosse capaz de dizer palavras tão horríveis e grosseiras, e espanto-me que elas pudessem saltar para fora de mim. Grito essas palavras terríveis e fujo para o escritório, sento-me e fumo. Ouço como ela vai para a antessala e prepara-se para sair. Pergunto-lhe onde vai. Não me responde. "Ora, que vá para o diabo" — digo a mim mesmo, volto ao escritório, torno a deitar-me e fumo. Acodem-me à mente milhares de planos diferentes no sentido de como vingar-me e livrar-me dela, como corrigir tudo isso e fazer com que pareça que nada aconteceu. Penso tudo isso e vou fumando, fumando, fumando. Penso em fugir dela, esconder-me, ir para a América. Chego a ponto de sonhar em como livrar-me dela, como isso será excelente e como vou unir-me a outra mulher, muito bonita e completamente nova. Vou livrar-me, pois ela há de morrer, ou então me divorciarei, e imagino como fazê-lo. Vejo que estou confundindo tudo, que não penso o que devo, mas vou fumando também, para não ver que estou pensando o que não devo.

E a vida em casa prossegue. Vem a governanta, pergunta: "Onde está madame? Quando vai voltar?". O criado pergunta se deve servir o chá. Chego à sala de jantar; as crianças, sobretudo Lisa, a mais velha, e que já compreende, dirigem-me um olhar interrogador e inamistoso. Tomamos chá em silêncio. E ela não chega ainda. Passam-se assim todas as horas do anoitecer, ela não vem, e dois sentimentos alternam-se em meu íntimo: uma raiva contra ela, pelo fato de estar torturando a mim e a todos os filhos com a sua ausência, que há de terminar com a vinda dela, e um medo de que ela não volte e cometa algum ato contra si mesma. Eu iria à sua procura. Mas onde buscá-la? Em casa da irmã? Seria estúpido aparecer lá e perguntar por ela. E que fique com Deus; se ela quer atormentar os outros, que se atormente também. Bem que ela espera que eu o faça. E a próxima vez será ainda pior. E o que será se ela não foi à casa da irmã, e está cometendo ou já cometeu algo contra si? Onze horas, meia-noite, uma hora. Não vou para o quarto de dormir, é estúpido ficar ali deitado sozinho, esperando, e não me deito aqui também. Quero ocupar-me de algo, escrever umas cartas, ler; não consigo fazer nada. Fico sentado sozinho no escritório, atormento-me, enraivecido, à escuta. Três, quatro horas — e nada de minha mulher chegar. Ao amanhecer, adormeço. Acordo — ela não está.

Tudo em casa se passa como de costume, mas todos estão perplexos e olham-me com interrogação e censura, supondo que eu seja a causa de tudo. E, dentro de mim, continua a mesma luta: de raiva pelo fato de que ela me atormenta, e de inquietação por ela.

Pouco antes das onze, vem a irmã dela, na qualidade de embaixatriz. E começa o habitual: "Ela está numa condição terrível. O que é tudo isso?!" — "Mas não aconteceu nada". Falo do seu gênio impossível e digo que eu não fiz nada.

— Mas isso não pode continuar assim — diz a irmã.

— Tudo depende dela, e não de mim — digo eu. — Não darei o primeiro passo. Se é para nos separar, que seja.

Minha cunhada parte, sem ter conseguido nada. Eu lhe dissera valentemente que não daria o primeiro passo, mas apenas ela partiu, e eu saí e vi as crianças lastimáveis, assustadas, e já estava pronto a dar aquele primeiro passo. E ficaria até contente de dá-lo, mas não sabia como. Torno a caminhar, fumo, tomo vodca e vinho no almoço e atinjo aquilo que desejo inconscientemente: não vejo a estupidez, a ignomínia da minha situação.

Ela chega por volta das três. Ao encontrar-me, não diz nada. Imagino que ela se conformou, começo a dizer que eu fui provocado pelas suas censuras. Ela diz, com o mesmo rosto severo e terrivelmente sofredor, que não veio para explicações, mas a fim de apanhar as crianças, e que não podemos mais viver juntos. Começo a dizer que a culpa não é minha, que ela me fez perder o controle. Olha-me severa, solenemente, e depois diz:

— Não fale mais, você vai se arrepender.

Digo que não suporto comédias. Então, ela grita algo que não consigo distinguir e foge para o seu quarto. A chave retine atrás dela: fechou-se ali. Empurro a porta, não há resposta, e afasto-me com raiva. Meia hora depois, Lisa vem correndo, chorosa.

— O que é? Aconteceu alguma coisa?

— Não se ouve a mamãe.

Vamos para lá. Puxo a porta com toda a força. O ferrolho está mal seguro, e as duas metades se abrem. Acerco-me da cama. Está deitada desajeitadamente, sem sentidos, de saiote e de botinas altas. Sobre a mesinha, um frasco vazio de ópio. Fazemo-la voltar a si. Mais lágrimas e, finalmente, a reconciliação. Mas não é bem uma reconciliação: no íntimo, cada qual tem a mesma raiva antiga contra o outro, com o acréscimo de uma irritação por causa da dor causada por aquela briga, e que cada um põe na conta do outro. Mas bem que é preciso acabar de algum modo tudo isso, e a vida prossegue como de costume. Brigas nesse gênero ou piores aconteciam incessantemente, ora uma vez por semana, ora uma vez por mês, ora diariamente. E era sempre o mesmo. De uma feita, cheguei a preparar um passaporte estrangeiro — a briga durara dois dias — mas depois houve de novo uma quase explicação ou quase trégua, e fiquei.

XXI

— Eram, pois, assim as nossas relações, quando apareceu este homem. Ele chegou a Moscou — o seu sobrenome é Trukhatchévski — e veio a minha casa. Era de manhã. Recebi-o. Outrora, tratamo-nos por "você". Ele tentou, graças a umas frases intermediárias entre o "você" e o "senhor", ficar no "você", mas eu indiquei francamente o tom de "senhor", e ele submeteu-se no mesmo instante. Desde o primeiro relance, desagradou-me muito.

Mas, circunstância esquisita, certa força estranha, fatal, arrastava-me a não o repelir, não o afastar, mas, pelo contrário, aproximá-lo. O que podia haver de mais simples que falar com ele friamente, e despedir-me sem o apresentar a minha mulher? Mas não, como se fosse de propósito, falei da sua ocupação musical, disse ter ouvido que ele abandonara o violino. Respondeu-me que, pelo contrário, estava tocando mais que antes. Começou a lembrar que eu também tocara. Disse-lhe que não tocava mais, mas que minha mulher tocava bem.

É surpreendente! O meu modo de tratá-lo no primeiro dia, na primeira hora do meu encontro com ele, era tal como podia ser unicamente depois do que sucederia. Havia algo tenso nas minhas relações com ele: eu notava cada palavra, cada expressão, ditas por ele ou por mim, e atribuía-lhes importância.

Apresentei-o a minha mulher. A conversa logo passou à música, e ele se ofereceu para tocar com ela. Minha mulher, como soía acontecer nos últimos tempos, estava muito elegante e atraente, de uma beleza inquietadora. Ele pareceu agradar-lhe desde o primeiro olhar. Ademais, alegrou-se com o fato de que teria o prazer de ser acompanhada por um violino, pois gostava muito disso, chegando a contratar para tal fim um violinista de teatro, e a alegria refletiu-se em seu rosto. Mas, vendo-me, ela imediatamente compreendeu o meu sentimento e mudou a expressão, começando então aquele jogo do embuste mútuo. Sorri agradavelmente, fingindo que me sentia muito bem. Olhando a minha mulher como todos os libertinos olham as mulheres bonitas, ele fingiu interessar-se unicamente pelo objeto da conversa, isto é, justamente pelo que não lhe despertava já nenhum interesse. Ela esforçava-se por aparentar indiferença, mas a minha expressão com sorriso falso, a expressão de homem ciumento que ela conhecia, e o olhar dele, repassado de luxúria, aparentemente excitavam-na. Vi que já nesse primeiro encontro ela teve um brilho particular nos olhos, e, provavelmente em consequência do meu ciúme, estabeleceu-se entre eles uma espécie de corrente elétrica, que provocava uma identidade de expressões, de olhares e de sorrisos. Ela corava, e ele corava também, ela sorria, e ele fazia o mesmo. Falaram de música, de Paris, de toda espécie de bobagens. Ele ergueu-se para ir embora, e, sorrindo, ficou de pé, o chapéu sobre a coxa que estremecia, olhando ora para mim, ora para ela, como se esperasse o que íamos fazer. Lembro-me desse instante justamente porque, nesse momento, eu podia não o chamar, e então não aconteceria nada. Mas eu dirigi o olhar para ele, depois para ela. "E não pense que tenho ciúme de você" — disse mentalmente a minha mulher — "ou que tenho medo de você" — disse mentalmente a ele, e convidei-o a voltar uma noite qualquer, com o seu violino, a fim de tocarem juntos. Ela dirigiu-me um olhar surpreendido, abrasou-se e, como que assustada, começou a recusar-se, dizendo que não tocava suficientemente bem. Esta sua recusa irritou-me ainda mais, e eu insisti com maior empenho. Lembro-me do sentimento estranho com que eu olhava a nuca de Trukhatchévski e o pescoço branco, que se destacava dos cabelos negros, separados em direções opostas, quando ele saía de nossa casa, com o seu passo saltitante, que lembrava estranhamente um pássaro. Eu não podia deixar de confessar a mim mesmo que a presença desse homem me atormentava. "Depende de mim — pensava eu — fazer com que nunca mais o veja." Fazer isto significaria, porém, que eu o temia. Não, eu não o temia! Seria demasiado humilhante, dizia eu a mim mesmo. E ali, na antessala, sabendo que a mulher me ouvia, insisti em que voltasse aquela noite mesmo com o seu violino. Prometeu-me fazê-lo, e saiu.

Ao anoitecer, trouxe o violino e eles tocaram. Mas, por muito tempo, a música não dava certo, não tínhamos os cadernos de que precisavam, e minha mulher não podia tocar por aqueles que havia, pois precisava preparar-se antes. Eu gostava muito de música e simpatizava com a execução deles, ajeitei para ele uma estante e fiquei virando as páginas. Eles tocaram umas peças, certas canções sem palavras e uma sonata de Mozart. Ele tocava admiravelmente, e possuía no mais alto grau aquilo que se chama tom. E além disso, um gosto fino, nobre, completamente incompatível com o seu gênio.

Ele era, naturalmente, muito mais seguro que minha mulher, ajudava-a e, ao mesmo tempo, elogiava-lhe delicadamente a execução. Portava-se muito bem. Minha mulher parecia interessada unicamente na música e estava muito simples e natural. Quanto a mim, embora fingisse interesse pela música, atormentei-me incessantemente, a noite toda, com o ciúme.

Desde o primeiro instante em que ele encontrou os olhos de minha mulher, vi que a fera existente em ambos, não obstante todas as condições de posição e da sociedade, perguntou: "Posso?" — e respondeu: "Oh, sim, muito". Eu vi que ele não esperava de modo algum encontrar em minha esposa, uma senhora de Moscou, uma mulher tão atraente, e que estava muito satisfeito com isso. Pois ele não tinha qualquer dúvida sobre o fato de que ela estava de acordo. O único problema consistia em que o marido insuportável não os estorvasse. Se fosse puro, eu não compreenderia isso, mas, a exemplo da maioria, eu pensara assim sobre as mulheres em meu tempo de solteiro, e por conseguinte lia a alma dele como um livro. O que me atormentava sobremaneira era ver, sem dúvida alguma, que ela não tinha em relação a mim outro sentimento além de uma irritação contínua, interrompida apenas de raro em raro pela habitual sensualidade, e que esse homem, graças à sua elegância exterior e novidade, e sobretudo, ao grande, indiscutível, talento musical, à aproximação resultante da execução a dois, à influência exercida pela música sobre as naturezas impressionáveis, e em particular pelo violino, que esse homem devia não só agradar-lhe, mas indiscutivelmente, sem nenhuma vacilação, vencê-la, retorcê-la, tecê-la numa corda, fazer dela tudo o que ele quisesse. Eu não podia deixar de vê-lo e sofria tremendamente. Mas, apesar do fato ou, talvez, em consequência disso, certa força obrigava-me, contra a minha vontade, a ser não só particularmente cortês com ele, mas carinhoso até. Não sei se o fazia por causa da minha mulher ou dele, a fim de mostrar que não o temia, ou por causa de mim mesmo, para me enganar, mas, desde as nossas primeiras relações, eu não podia ser simples com ele. Eu devia acarinhá-lo, a fim de não me entregar ao desejo de matá-lo naquele mesmo instante. Durante a ceia, eu lhe servi um vinho caro, maravilhei-me com o seu desempenho, falei-lhe com um sorriso carinhoso especial e convidei-o para jantar no domingo seguinte e tocar mais com minha mulher. Disse também que chamaria alguns dos meus conhecidos, amantes da música, a fim de ouvi-lo. Assim terminou o nosso encontro.

Profundamente perturbado, Pózdnichev mudou de posição e emitiu o seu som peculiar.

— É estranho como a presença desse homem atuava sobre mim — recomeçou ele, fazendo aparentemente um esforço, a fim de continuar tranquilo. — Dois ou três dias depois, volto de uma exposição, entro na antessala e sinto de repente algo pesado como uma pedra pressionar-me o coração, sem que eu possa dar-me conta do que é. E este algo consistia em que, atravessando a antessala, eu vira um objeto que lembrava a sua pessoa. Somente chegando ao escritório, dei-me conta do que era, e voltei à antessala, a fim de me controlar. Sim, não me enganara: era o seu capote. Sabe, um capote da moda. (Eu notava com extraordinária atenção tudo o que se referia a ele, embora não me desse conta disso.) Pergunto e verifico que é isso mesmo, ele está em minha casa. Passo para o salão, através da sala de estudos e não da sala de jantar. Lisa, minha filha, está sentada com um livro, e a babá, à mesa com a pequerrucha, agita uma tampinha. A porta para o salão está fechada, e ouço de lá um arpejo uniforme e as vozes dele e dela. Presto atenção, mas não consigo perceber outros sons. Provavelmente, os do piano servem expressamente para abafar os sons das suas vozes, dos beijos talvez. Meu Deus, o que se levantou então em mim! O horror apossa-se do meu ser, apenas me lembro da fera que vivia em meu imo. Meu coração apertou-se de repente, deteve-se e, depois, entrou a bater, como um martelo. O sentimento principal, como ocorre em todos os estados de raiva, era a comiseração por mim mesmo. "Em presença das crianças, da babá!" — pensei. Eu devia estar assustador, pois Lisa dirigia-me olhares estranhos. "O que fazer?" — perguntei a mim mesmo. — "Entrar? Não posso, vou fazer Deus sabe o quê." Mas também não posso sair dali. A babá olha-me como quem compreende a minha situação. "Não posso deixar de entrar" — disse no íntimo e abri depressa a porta. Ele estava ao piano, executando aqueles arpejos, os seus grandes dedos brancos flexionados. Ela permanecia parada a um canto do piano, sobre o caderno de música aberto. Foi a primeira a ver-me ou a ouvir-me, e dirigiu-me um olhar. Quer se tivesse assustado, fingindo, porém, que isto não acontecera, quer não se tivesse realmente assustado, ela não estremeceu, não se mexeu sequer, mas somente corou, e assim mesmo, mais tarde.

— Como estou contente por você ter chegado; nós não decidimos o que tocar domingo — disse ela num tom que não usaria comigo, se estivéssemos a sós. Este fato e também o de ter dito "nós" referindo-se a eles dois, deixou-me indignado. Cumprimentei-o em silêncio.

Ele apertou-me a mão e pôs-se no mesmo instante a explicar-me, com um sorriso que me pareceu francamente zombeteiro, que trouxera as partituras para se prepararem para aquele domingo, e que estavam em desacordo sobre o que deveriam tocar: algo mais difícil e clássico, precisamente uma sonata de Beethoven para violino, ou pecinhas pequenas? Tudo era tão simples e natural que não se podia implicar com nada, e ao mesmo tempo eu estava certo de que tudo aquilo era mentira, que eles combinaram antes como enganar-me.

Uma das relações mais penosas para os ciumentos (e, em nossa vida social, todos são ciumentos) é constituída por determinadas convenções sociais, em cujo desempenho permite-se a maior e mais perigosa proximidade entre um homem e uma mulher. É preciso tornar-se objeto de mofa se se vai impedir a proximidade nos bailes, a proximidade de um médico e de sua paciente, a proximidade por ocasião da ocupação com a arte, com a pintura e, sobretudo, com a música. Duas pessoas dedicam-se, por exemplo, à mais nobre das artes, a música; para isto, é necessário determinada proximidade, esta não tem nada de condenável, e somente um marido estúpido, ciumento, pode ver nela algo indesejável. E, no entanto, todos sabem que justamente por meio dessas mesmas ocupações, e em particular da música, é que se dá o maior número de adultérios em nossa sociedade. Deixei-os provavelmente perturbados com a perturbação que se manifestava em mim: durante muito tempo, não pude dizer nada. Eu era como uma garrafa virada, da qual a água não sai porque ela está demasiado cheia. Eu queria xingá-lo, expulsá-lo, mas sentia que novamente devia ser amável e carinhoso com ele. E foi o que fiz. Fingi aprovar tudo, e novamente, em virtude daquele sentimento estranho que me obrigava a tratá-lo com um carinho tanto maior quanto mais torturante era para mim a sua presença, disse-lhe confiar no gosto dele e que aconselhava o mesmo a minha mulher. Ele ficou ali o tempo necessário para apagar a impressão desagradável que eu provocara entrando de repente na sala, o rosto assustado, sem dizer nada, e foi-se, fingindo que já haviam decidido o que tocar no dia seguinte. Quanto a mim, estava plenamente certo do seguinte: em comparação com o que os preocupava, o problema da música a tocar era-lhes de todo indiferente.

Acompanhei-o à antessala com uma cortesia especial (como não acompanhar um homem que viera com o propósito de romper o sossego e aniquilar a felicidade de toda uma família?!). E apertei com um carinho particular a sua mão branca, macia.

XXII

— No decorrer de todo esse dia, não falei com ela, não pude. A sua proximidade suscitava em mim tamanho ódio que eu tinha medo de mim mesmo. Durante o jantar, ela perguntou-me, em presença dos filhos, quando eu ia partir. Eu tinha que ir, na semana seguinte, a um distrito do interior, a fim de participar de um congresso. Respondi-lhe. Ela perguntou-me se não precisava de nada para a viagem. Não respondi, permaneci calado à mesa e, sempre calado, fui para o escritório. Ultimamente, ela nunca ia ao meu quarto, sobretudo nessas horas. Estou deitado no escritório, com raiva. De repente, os passos conhecidos. E então me vem à mente o pensamento terrível, monstruoso, de que, a exemplo da mulher de Uri,[21] ela quer ocultar o pecado já cometido, e que por isso vem à minha procura, numa hora tão fora do comum. "Será possível que ela vem ver-me?" — penso, ouvindo os seus passos, que se aproximam. Se vinha, isto queria dizer que eu tinha razão. E em meu íntimo ergue-se um ódio inexprimível por ela. Os passos cada vez mais perto. Será possível que ela vai passar sem entrar, na direção do salão? Não, a porta rangeu, e eis no umbral o seu vulto alto, bonito, e no semblante, nos olhos, a intimidação, o servilismo, que ela quer esconder, mas que eu vejo e cuja significação conheço. Quase sufoquei, de conter tão prolongadamente a respiração, e, continuando a olhá-la, agarrei a cigarreira e acendi um cigarro.

— Ora, que é isto? Venho aqui sentar-me um pouco na sua companhia, e você logo acende um cigarro — e ela sentou-se no divã, encostando-se em mim.

Afastei-me, para não a tocar.

— Vejo que você está descontente pelo fato de eu querer tocar domingo — disse ela.

— Não estou nem um pouco descontente — disse eu.

— Pensa que não vejo?

— Bem, dou-lhe os parabéns por isso. Quanto a mim, não vejo nada, a não ser que você comporta-se como uma mulher à toa.

— Se você quer xingar como um cocheiro, eu vou embora.

[21] Segundo a Bíblia, oficial cuja mulher, Betsabé, foi seduzida por Davi. (N. do T.)

— Vá, mas saiba que, se para você não é preciosa a honra da família, para mim o precioso não é você (que vá para o diabo), mas justamente a honra da família.

— O quê? O quê?

— Suma-se, suma-se pelo amor de Deus!

Quer ela fingisse não compreender do que se tratava, quer não compreendesse realmente, ficou ofendida e zangada. Levantou-se, mas não foi embora e parou no centro do quarto.

— Você ficou decididamente impossível — começou ela. — Tem um gênio tal que um anjo não poderia viver com você — e, como de costume, procurando ferir-me o mais dolorosamente, lembrou-me o meu comportamento com minha irmã (tratava-se de um episódio em que, fora de mim, eu dissera grosserias a minha irmã; ela sabia que isto me atormentava, e deu alfinetada justamente nesse ponto). — Depois disso, nada mais me espanta em você — disse.

"Sim, ofender-me, humilhar-me, difamar-me e, depois, colocar-me na posição de culpado" — disse a mim mesmo numa raiva tão terrível contra ela como eu nunca sentira até então.

Pela primeira vez, tive vontade de expressar esta raiva fisicamente. Levantei-me de um salto e aproximei-me dela; mas no mesmo instante em que me levantei, lembro-me, eu tive consciência da minha raiva e perguntei a mim mesmo se era bom entregar-me a este sentimento, mas respondi que era bom, que isto ia assustá-la, e também no mesmo instante, em lugar de me opor a esta raiva, pus-me a atiçá-la ainda mais dentro de mim e a alegrar-me pelo fato de que ela ardia cada vez mais em meu imo.

— Suma daqui, senão vou matá-la! — gritei, acercando-me dela e agarrando-lhe o braço. Dizendo isso, eu reforçava intencionalmente a entonação de raiva da minha voz. E eu devia ser realmente assustador, porque ela teve tanto medo que nem pôde sair dali, e dizia somente:

— Vássia, que é isto? O que você tem?

— Vá embora! — urrei ainda mais alto. — Somente você é capaz de me deixar enfurecido. Não respondo mais por mim mesmo!

Tendo dado livre curso ao meu furor, eu me deleitava com ele e queria fazer mais alguma coisa fora do comum, e que mostrasse o grau mais elevado desse meu furor. Tinha um desejo terrível de bater nela, de matá-la, mas eu sabia que não podia fazê-lo, e por isso, a fim de dar, apesar de tudo, curso ao meu furor, agarrei sobre a mesa um pesa-papéis, gritei mais uma vez: "Vá embora!" — e joguei-o ao chão, de modo que passasse junto dela. Fiz muito bem a pontaria, de modo a não acertar nela. Ela saiu do quarto, mas deteve-se à porta. E, enquanto ainda me via (e fi-lo para que visse), passei a apanhar sobre a mesa objetos, castiçais, um tinteiro, e a atirá-los ao chão, continuando a gritar:

— Vá embora! Suma-se! Não me responsabilizo mais por mim! — Ela saiu, e no mesmo instante parei de fazê-lo.

Uma hora depois, veio a babá e me disse que minha mulher tinha uma crise histérica. Fui vê-la; ela chorava aos soluços, ria, não conseguia dizer nada e estremecia com todo o corpo. Não fingia, estava realmente enferma.

Acalmou-se ao amanhecer e fizemos as pazes, sob a influência do sentimento que chamávamos de amor.

De manhã, quando, após a reconciliação, confessei que tinha ciúme dela com Trukhatchévski, ela não se encabulou nem um pouco e riu da maneira mais natural. A tal ponto lhe parecia estranha, conforme dizia, a possibilidade de uma atração por semelhante homem.

— Acaso, uma mulher honesta pode ter em relação a um homem assim algo que não seja o prazer proporcionado pela música? Se você quiser, estou pronta a não o ver nunca mais. Mesmo este domingo, embora já tenham sido convidados todos os nossos conhecidos. Escreva-lhe que estou doente, e pronto. O que dá nojo é que alguém, e sobretudo ele mesmo, possa pensar que ele seja perigoso. Mas eu sou demasiado orgulhosa para me permitir pensar isto.

E bem que ela não mentia, e acreditava no que dizia; esperava suscitar, com essas palavras, em si mesma, um desprezo por ele e assim defender-se, mas não o conseguiu. Tudo estava dirigido contra ela, e sobretudo essa maldita música. Assim tudo acabou, e domingo vieram os convidados, e eles tornaram a tocar.

XXIII

— Creio supérfluo dizer que eu era muito vaidoso: quem não é vaidoso em nossa vida cotidiana, certamente não tem com o que viver. E aquele domingo, ocupei-me com gosto do arranjo do jantar e da noite de música. Eu mesmo comprei as provisões e chamei os convidados.

Por volta das seis, reuniram-se as visitas e apareceu ele também, de fraque e com umas abotoaduras de brilhantes, revelando mau gosto. Portava-se com desenvoltura, respondia a tudo apressadamente, com um sorrisinho de acordo e compreensão, sabe, com aquela expressão particular, no sentido de que tudo o que você faça ou diga será justamente o que ele esperava. Eu notava agora com um prazer especial tudo o que havia nele de pouco decente, portanto tudo isto devia acalmar-me e mostrar que ele estava colocado, para minha mulher, num degrau tão baixo que ela, segundo dizia, não poderia rebaixar-se até lá. Agora, eu não me permitia mais o ciúme. Em primeiro lugar, eu me extenuara com este sofrimento e precisava descansar; em segundo, queria acreditar nas asserções de minha mulher, e acreditava nelas. Mas, embora não estivesse enciumado, eu não me comportava naturalmente com ele, nem com ela, quer durante o jantar, quer na primeira metade da noite, antes de começar a música. Eu ainda acompanhava os movimentos e olhares de ambos.

O jantar foi como de costume cacete, repassado de fingimento. A música iniciou-se bastante cedo. Ah, como eu me lembro de todos os pormenores dessa noite; lembro-me de como ele trouxe o violino, abriu a caixa, retirou uma cobertura que uma senhora bordara para ele, pegou o instrumento e começou a afiná-lo. Lembro-me de como minha mulher sentou-se com um ar de fingida indiferença, sob a qual, eu via, ela estava ocultando uma grande hesitação, devida principalmente à maneira pela qual encarava as suas capacidades como executante; sentou-se fingidamente ao piano, e começaram os habituais lás ao piano, os pizicatos do violino, a colocação dos cadernos de partituras. Lembro-me de como, depois, eles olharam um para o outro, percorreram também com o olhar os que se sentavam, disseram a seguir algo um ao outro, e começou a música. Ela tocou o primeiro acorde. O rosto dele fez-se sério, severo, simpático, e, prestando atenção aos sons que emitia, vibrou as cordas com os dedos cautelosos, respondendo ao piano. E aquilo começou...

Parou de falar e emitiu os seus sons, algumas vezes seguidas. Queria recomeçar, mas pôs-se a fungar e interrompeu-se novamente.

— Eles tocaram a *Sonata a Kreutzer*, de Beethoven. O senhor conhece o primeiro presto? Conhece?! — exclamou ele. — Uh! Como é terrível esta sonata! Precisamente essa parte. E a música em geral é uma coisa terrível. O que é ela? Não compreendo. O que é a música? O que ela faz? E por que ela faz aquilo que faz? Dizem que a música atua de maneira a elevar a alma: é absurdo, é mentira! Ela atua, e terrivelmente, digo-o por experiência própria, mas não de maneira a elevar a alma. Ela não eleva nem rebaixa a alma, ela a excita. Como dizer-lhe? A música obriga-me a esquecer de mim mesmo, da minha verdadeira condição, ela me transporta a uma outra, que não é a minha: sob o influxo da música, tenho a impressão de sentir o que, na realidade, não sinto, de compreender o que, a bem dizer, não compreendo, de poder o que, de fato, não posso. Explico-o pelo fato de que a música atua como o bocejo, como o riso: não tenho sono, mas bocejo vendo alguém bocejar, não há motivo para que eu ria, mas rio, depois de ouvir um outro rir.

A música transporta-me diretamente àquele estado de alma em que se encontrava quem a escreveu. O meu espírito funde-se com o dele, e com ele me transporto de um estado a outro, mas não sei por que o faço. Quem escreveu a música, por exemplo Beethoven com a sua *Sonata a Kreutzer*, sabia por que se encontrava em semelhante estado; este levou-o a praticar determinados atos, e por isso tal condição tinha para ele um sentido, mas para mim ela não tem nenhum. E por isso a música apenas excita, ela não conclui. Bem, quando se toca marcha belicosa, os soldados marcham aos seus sons, a música atingiu-os; tocaram uma dança, eu dancei — a música também me atingiu; bem, cantaram missa, eu comunguei, esta música também me atingiu, mas de outro modo, tem-se apenas uma excitação, e não existe aquilo que se deve fazer nesse estado de excitação. E é por isso que, às vezes, a música atua de modo tão terrível, tão assustador. Na China, a música é um assunto de Estado. E assim deve ser. Pode-se acaso permitir que todo aquele que o queira hipnotize outra pessoa, ou muitas outras, e depois faça com elas o que quiser? E sobretudo, que esse hipnotizador seja o primeiro homem que apareça, um imoral?

E esse poder terrível está nas mãos de qualquer um. Por exemplo, esta *Sonata a Kreutzer*, o primeiro presto. Pode-se porventura tocá-lo numa sala de visitas, em meio a senhoras decotadas? Tocá-lo, depois bater palmas, em seguida tomar sorvete e falar do último mexerico? Essas peças só podem ser tocadas em determinadas circunstâncias importantes, significativas, nas ocasiões em que se requer a execução de certas ações importantes, correspondentes a essa música. Tocá-la e executar aquilo para o que essa música dispôs. Pois um despertar de energia, de um sentimento que não se manifesta em nada, e que não corresponde ao lugar nem ao tempo, não pode deixar de ter uma ação demolidora. Sobre mim, pelo menos, esta peça atuou terrivelmente; abriram-se para mim como que sentimentos novos, parecia-me, novas possibilidades, que eu até então não conhecera. Algo no íntimo parecia dizer-me: tudo tem que ser absolutamente diverso da maneira pela qual eu antes pensava e vivia, tem que ser como isto aqui. Não podia dar conta a mim mesmo do que era o novo que eu conhecera, mas a consciência dessa nova condição dava-me grande alegria. As mesmas pessoas, inclusive minha mulher e ele, já apareciam sob uma luz completamente diversa.

Depois deste presto, eles acabaram de tocar o andante, belo, mas comum e nada novo, com variações vulgares e um final completamente fraco. E tocaram ainda, a pedido dos convidados, a *Elegia* de Ernst e diferentes pecinhas. Tudo isto era bom, mas não causou sequer 1% da impressão provocada pelo presto. E tudo isso tinha como fundo a impressão por ele causada. No decorrer de todo o serão, eu sentia leveza, alegria. Nunca vira minha mulher do jeito como ela parecia essa noite. Esses olhos brilhantes, essa severidade, o olhar significativo enquanto tocava, e essa completa diluição, e certo sorriso débil, de lástima, feliz, depois que eles acabaram de tocar. Eu via tudo isso, mas não lhe atribuía nenhum outro sentido, além de que ela experimentava o mesmo que eu, que também a ela pareciam ter-se revelado sentimentos novos, ainda desconhecidos. O serão terminou com êxito, e todos se foram.

Sabendo que eu devia partir dois dias depois para um congresso, Trukhatchévski ao despedir-se disse ter a esperança de repetir, quando voltasse à cidade, o prazer que recebera aquela noite. Eu podia concluir disso que ele não considerava possível ir a minha casa na minha ausência, e isto me agradou. Visto que não regressaria antes da sua partida, não nos veríamos mais.

Pela primeira vez, apertei-lhe a mão com um prazer sincero, agradecendo-lhe o que nos proporcionara. De maneira idêntica, ele despediu-se de vez de minha mulher. Também a despedida deles pareceu-me a mais natural e decente. Tudo ia às mil maravilhas. Minha mulher e eu estávamos muito satisfeitos com a reunião daquela noite.

XXIV

— Passados dois dias, parti para o distrito, depois de me despedir de minha mulher com o melhor e mais tranquilo estado de espírito. No distrito, havia sempre multidão de ocupações e uma vida completamente diversa, um outro pequeno mundo. Nos dois primeiros dias, eu passei dez horas na repartição. No terceiro dia, entregaram-me ali uma carta de minha mulher. Li-a na própria repartição. Ela escrevia sobre os filhos, o tio, a babá, as compras, e, entre outras coisas, como se tratasse da coisa mais comum, dizia que Trukhatchévski estivera em nossa casa, trouxera os cadernos de partituras que prometera e propusera tocarem mais, mas que ela se recusara. Eu não me lembrava de que ele tivesse prometido trazer cadernos de partituras: tinha a impressão de que ele despedira-se de vez, e, por conseguinte, isto me causou impressão desagradável. Mas estava tão atarefado que não sobrava tempo para pensar, e só reli a carta à noitinha, ao recolher-me. Além do fato de que Trukhatchévski estivera uma vez em minha casa, na minha ausência, todo o tom da carta pareceu-me forçado. O bicho enfurecido do ciúme rugiu em sua jaula acanhada e quis pular para fora, mas eu temia essa fera e trancafiei-a o quanto antes. "Que sentimento abjeto, este ciúme!" — disse comigo. — "O que pode haver de mais natural que as palavras da sua carta?"

Deitei-me na cama e pus-me a pensar sobre as ocupações que me aguardavam no dia seguinte. Eu sempre custava a adormecer por ocasião dessas reuniões, hospedado em lugar desconhecido, mas então adormeci muito depressa. E o senhor sabe, costuma-se ter em tais circunstâncias um choque elétrico e acorda-se. Acordei assim, pensando em minha mulher, no meu amor carnal por ela, e também em Trukhatchévski, em que tudo se consumou entre eles. Meu coração apertou-se de horror e raiva. Mas procurei incutir-me bom senso. "Que absurdo" — dizia comigo —, "não há nenhum fundamento, não existiu e não existe nada. E como posso eu humilhar-me e humilhá-la dessa maneira, imaginando tais horrores? Uma espécie de violinista a soldo, conhecido como pessoa ordinária, e de repente uma mulher respeitável, mãe de família por todos considerada, a *minha* mulher! Que absurdo é este?!" — acudia-me por um lado. "Mas como pode isso deixar de acontecer?" — acudia-me por outro. Como podia não existir aquilo mesmo, simples e compreensível, em nome do que eu me casara com ela, em nome do que vivera na sua companhia, aquilo mesmo que era o único de que eu precisava nela, e que por isso era necessário a outros também, inclusive aquele músico. Ele é um homem solteiro, saudável (lembro-me de como fazia estalar a cartilagem de uma costeleta e como se pegava avidamente, com os lábios vermelhos, ao copo de vinho), nutrido, e não só desprovido de quaisquer normas, mas, provavelmente, possuindo normas no sentido de aproveitar todos os prazeres que apareçam. E entre os dois, a ligação da música, da mais refinada luxúria de sentimentos. O que pode, pois, detê-lo? Nada. Tudo, pelo contrário, o atrai. E ela? Quem é? Ela é um mistério, tal como sempre foi. Não a conheço. Conheço-a apenas como um animal. E um animal não pode, não deve ser detido por nada.

Somente então, lembrei-me dos seus rostos aquela noite, quando, após a *Sonata a Kreutzer*, eles tocaram não sei que pecinha apaixonada, não me lembro de quem, uma composição sensual até a obscenidade. "Como pude partir de casa?" — dizia a mim mesmo, lembrando-me dos seus rostos. — "Não estava acaso claro que entre eles tudo se realizara nessa noite? E não se via porventura que, nessa noite já, não só não existia mais entre eles qualquer obstáculo, mas que ambos, ela sobretudo, sentiam certa vergonha depois do que sucedera entre eles?" Lembro-me do sorriso dela, débil, lastimável, feliz, que tinha ao enxugar o suor do rosto enrubescido, quando me acerquei do piano. Eles já evitavam olhar um para o outro, e somente à ceia, quando ele encheu o copo d'água dela, entreolharam-se e sorriram ligeiramente. Lembrei horrorizado este olhar deles, surpreendido por mim, e o sorriso quase imperceptível. "Sim, tudo se consumou entre eles" — dizia-me uma voz, e imediatamente outra voz dizia-me justamente o contrário. "Foi algo que tomou conta de você, isto não pode acontecer" — dizia esta segunda voz.

Tive medo de ficar deitado no escuro, acendi um fósforo, estava apavorado naquele quarto pequeno, forrado de papel amarelo. Acendi um cigarro e, como sempre acontece, quando se gira no mesmo círculo das contradições sem solução, fumei um cigarro após outro, a fim de me enevoar e não ver as contradições.

Não dormi a noite toda e, tendo decidido às cinco horas que não podia mais continuar naquela tensão e que partiria imediatamente, levantei-me, acordei o vigia, que me servia então de criado, e mandei-o buscar os cavalos. Deixei um bilhete para os meus colegas de congresso, comunicando-lhes que fora chamado a Moscou por motivo de força maior, e pedindo para ser substituído. Às oito, sentei-me no *tarantás*[22] e parti.

XXV

Entrou o condutor e, vendo que a nossa vela se consumira, apagou-a e não a substituiu. Fora, começava a clarear. Pózdnichev calou-se, suspirando pesadamente todo o tempo

[22] Espécie de carro usado sobretudo em viagens longas. (N. do T.)

que o condutor permaneceu no vagão. Continuou o seu relato somente depois que ele saiu e no vagão quase às escuras ouviu-se apenas o tinir dos vidros e o ronco regular do caixeiro. Com o lusco-fusco do amanhecer, eu deixara totalmente de ver o meu interlocutor. Ouvia somente a sua voz cada vez mais perturbada, sofredora.

— Tinha que viajar trinta e cinco verstas de carro e oito horas de trem. Viajar de carro era uma beleza. Fazia um frio de outono, o sol brilhava. Sabe, é um tempo em que a estrada se torna de manteiga. As estradas são lisas, a luz viva, o ar estimulante. Fazia bem viajar de *tarantás*. Depois que amanheceu e parti, eu me senti aliviado. Olhando os cavalos, os campos, os transeuntes, eu esquecia para onde ia. Tinha às vezes a impressão de que estava simplesmente viajando, e que não existia nada daquilo que provocara a minha viagem. Eu me alegrava particularmente de ficar assim esquecido. Mas, ao lembrar a finalidade da viagem, dizia a mim mesmo: "Não pense, depois se verá". Ademais, no meio do caminho, teve lugar uma ocorrência que me deteve e distraiu-me ainda mais: o carro se quebrara e era preciso consertá-lo. Este acidente teve grande significação, pois, devido a ele, cheguei a Moscou não às cinco, conforme esperava, mas à meia-noite, e em casa, antes de uma, pois perdi o rápido e tive que viajar de trem comum. A busca de uma telega, o conserto, o pagamento das despesas, o chá numa estalagem, a conversa com o porteiro, tudo isso distraiu-me ainda mais. Ao anoitecer, tudo estava pronto, tornei a viajar, e, de noite, isto foi ainda mais agradável que de dia. Era lua nova, fazia um pouco de frio, novamente uma estrada magnífica, cavalos, um cocheiro alegre, e, viajando, eu me deliciava, quase sem pensar no que me esperava, ou deliciava-me especialmente por saber o que me esperava, e despedia-me das alegrias da vida. Mas esse meu trabalho tranquilo, a possibilidade de abafar o meu sentimento, acabou ao mesmo tempo que a viagem de carro. Apenas entrei no vagão, começou algo bem diverso. Essa viagem de trem, que durou oito horas, foi para mim horrível, e não hei de esquecê-la a vida toda. Quer porque, tendo-me acomodado no vagão, eu me tivesse imaginado vivamente já em casa, quer porque a estrada de ferro tem um efeito tão excitante sobre as pessoas, apenas me sentei no vagão, não pude mais dominar a imaginação, e ela começou a desenhar para mim, incessantemente, com uma nitidez extraordinária, quadros que me excitavam o ciúme, cada qual mais cínico, e todos sobre o mesmo tema, sobre o que sucedia lá, na minha ausência, sobre como ela me traía. Contemplando esses quadros, abrasava-me de indignação, de raiva e de certo sentimento peculiar de embriaguez com a minha humilhação, e não podia mais arrancar-me desses quadros; não podia deixar de olhá-los, de apagá-los ou de suscitar o seu aparecimento. E quanto mais eu contemplava esses quadros imaginários, mais acreditava na sua realidade. A vivacidade de seu aparecimento servia como que de prova para o que eu imaginava, era a própria realidade. Não sei que demônio, como se fosse contra a minha vontade, inventava e sugeria-me as mais horríveis suposições. Lembrei uma conversa que tivera com o irmão de Trukhatchévski, e era com certo êxtase que eu me dilacerava o coração com essa conversa, aplicando-a a Trukhatchévski e a minha mulher.

Isto acontecera fazia muito tempo, mas eu o lembrei. O irmão de Trukhatchévski, recordo-me, respondeu de uma feita, ao perguntarem-lhe se frequentava casas de tolerância, que um homem às direitas não se mete a frequentar lugares onde é provável contrair uma doença, onde há sujeira e abjeção, quando sempre se pode encontrar uma mulher decente. E eis que o irmão dele encontrara minha mulher. "É verdade que ela não está mais na primeira mocidade, falta-lhe um dente do lado, e é um tanto gorda" — pensei em seu lugar —, "mas, que fazer, é preciso aproveitar o que se tem."

"Sim, ele usa de condescendência com ela, tomando-a para amante" — dizia eu em meu íntimo. — "Ademais, ela não apresenta perigo." — "Não, isto é impossível! O que estou pensando?!" — continuava com os meus botões, horrorizado. — "Nada, não existe nada disso. E não há nenhum fundamento para se supor sequer algo no gênero. Não me disse ela que lhe era até humilhante o simples pensamento de que eu pudesse ter ciúme dele? Sim, mas ela mente, mente sempre!" — exclamava eu, e aquilo recomeçava... Havia apenas dois passageiros no meu vagão: uma velhinha com o marido, ambos nada loquazes, e também estes desceram numa estação, deixando-me sozinho. Estava como uma fera na jaula: ora me erguia de um salto e chegava às janelas, ora cambaleava e punha-me a caminhar, procurando apressar o vagão; mas este, o tempo todo, apenas estremecia com todos os seus bancos e vidraças, que nem o nosso agora...

Pózdnichev levantou-se bruscamente, deu alguns passos e tornou a sentar-se.

— Ah, tenho medo, tenho medo dos vagões de estrada de ferro, fico horrorizado. Sim, é terrível! — prosseguiu. — Dizia a mim mesmo: "Vou pensar em outra coisa. Bem, suponhamos que pense no dono da estalagem em que tomei chá". Aí está, surgem aos olhos da imaginação o porteiro de barba comprida e o seu neto: um menino da mesma idade que o meu Vássia. O meu Vássia! Ele verá o músico beijar a mãe. O que acontecerá então em sua pobre alma? E a ela, que importa?! Ela ama... E tornava a levantar-se em mim o mesmo sentimento. Não, não... Ora, vou pensar na inspeção do hospital. Sim, em como ontem um doente queixou-se do médico. E o médico tinha bigodes, que nem Trukhatchévski. E com que impertinência ele... Os dois me enganaram, quando ele me disse que ia partir. E aquilo recomeçava. Tudo o que eu pensava tinha relação com ele. Eu sofria tremendamente. O sofrimento pior estava na incerteza, nas dúvidas, na ambivalência, no desconhecimento de se devia amá-la ou odiá-la. O meu sofrimento era tão intenso que, lembro-me, veio-me a ideia, que me agradou muito, de sair para a estrada, deitar-

-me sobre os trilhos, sob o vagão, e acabar com tudo. Então, pelo menos, não vacilaria, não duvidaria mais. O que me impedia de fazê-lo era a comiseração por mim mesmo, que despertava imediatamente ódio contra ela. Em relação a ele, o que havia era um sentimento estranho tanto de ódio como de consciência da minha humilhação e da sua vitória, mas, em relação a ela, um ódio terrível. "Não posso suicidar-me e deixá-la; é preciso que ela sofra, por menos que seja, e compreenda o que sofri" — dizia a mim mesmo. Descia em todas as estações, a fim de me distrair. Numa delas, vi gente bebendo na cantina, e logo tomei vodca. A meu lado, estava um judeu, bebendo também. Travou conversa comigo; unicamente para não ficar sozinho em meu vagão, fui com ele para o seu de terceira classe, sujo, enfumaçado, salpicado de cascas de sementes de girassol. Sentei-me ao seu lado, ele tagarelou muito e contou anedotas. Eu ouvia-o, mas não conseguia compreender o que dizia, pois continuava a remoer os meus pensamentos. Ele percebeu isto e começou a exigir atenção; levantei-me então e voltei ao meu vagão. "Tenho que refletir" — dizia a mim mesmo — "em se é verdade o que penso e se tenho algum fundamento para me atormentar." Sentei-me, querendo refletir tranquilamente, mas, no mesmo instante, em lugar do raciocínio tranquilo, recomeçou o mesmo: em vez das reflexões, imagens e representações. "Quantas vezes me atormentei assim" — dizia a mim mesmo (lembrando as crises anteriores de ciúme, no mesmo gênero) — "e depois, tudo acabava em nada. O mesmo se dá agora, talvez, certamente até, eu a encontre dormindo calmamente; acordará, vai alegrar-se com a minha presença, e, pelas suas palavras, pelo seu olhar, sentirei que não aconteceu nada e que tudo isto é um absurdo. Oh, como seria bom!" — "Mas não, isto aconteceu com demasiada frequência, e agora não acontecerá mais" — dizia-me certa voz, e aquilo recomeçava. Sim, nisso é que consistia a execução de uma sentença de morte! Eu não levaria um jovem para visitar um hospital de sifilíticos, a fim de lhe tirar a vontade de procurar mulheres, mas o conduziria para dentro de minha alma, a fim de olhar os demônios que a dilaceravam! O horrível estava em que eu reconhecia em mim um direito cabal, indiscutível, sobre o corpo dela, como se fosse o meu corpo, e ao mesmo tempo sentia não poder exercer esta posse, que ele não era meu e que ela podia usá-lo como quisesse, e que o seu desejo estava em dispor dele de maneira diversa da que eu queria. E eu não posso fazer nada tanto a ele, como a ela. A exemplo de Vanka, o Despenseiro,[23] ele cantará, ao pé da forca, uma canção de como beijou os lábios de mel, etc. E, depois, irá para o alto. E, em relação a ela, posso fazer ainda menos. Se ela não o realizou ainda, mas quer, e eu sei que ela o quer realmente, o caso é pior ainda: seria melhor que o fizesse, para eu saber, para não haver desconhecimento. Não saberia dizer o que eu queria. Eu queria que ela não desejasse aquilo que devia desejar. Era uma loucura completa!

XXVI

— Na penúltima estação, quando chegou o condutor, a fim de recolher os bilhetes, reuni os meus pertences e saí para a plataforma dos freios, e a consciência de que a decisão de tudo estava próxima reforçou ainda mais a minha perturbação. Senti frio e pus-me a tremer tanto com os maxilares que bati os dentes. Acompanhando a multidão, saí maquinalmente da estação ferroviária, tomei um fiacre, sentei-me e parti. Pelo caminho, examinava os raros transeuntes, os zeladores dos prédios e as sombras que faziam tanto os lampiões como o meu fiacre, ora na frente, ora atrás, e não pensava em nada. Tendo percorrido cerca de meia versta, senti frio nos pés, e ocorreu-me que tirara no vagão as meias de lã e pusera-as na bolsa de viagem. Onde estava esta? Ali mesmo. E o

[23] Personagem de uma canção popular russa. (N. do T.)

cesto? Lembrei-me de que me esquecera completamente da bagagem, mas, depois de lembrá-lo e de olhar o recibo, decidi que não valia a pena voltar por causa disso, e continuei meu caminho.

Por mais que me esforce agora, não consigo de modo algum lembrar-me do meu estado de ânimo então. O que pensava? O que eu queria? Não sei nada. Lembro-me apenas ter tido consciência de que se estava preparando algo terrível e muito importante em minha vida. Não sei se aquele acontecimento importante ocorreu porque eu pensava assim ou porque o pressentia. É possível também que, depois do ocorrido, todos os minutos precedentes tenham recebido em minha lembrança um matiz sombrio. O carro chegou à entrada da casa. Era mais de meia-noite. Alguns cocheiros estavam parados ali, esperando conseguir uma corrida (havia janelas iluminadas no nosso apartamento, correspondendo ao salão e à sala de visitas). Não dando conta a mim mesmo do motivo de haver luz em nossas janelas a uma hora tão tardia, e estando na mesma condição de espera de algo terrível, subi a escada e toquei a campainha. Abriu-me a porta o bom Iegor, lacaio esforçado e muito estúpido. O primeiro que me saltou aos olhos na antessala foi o capote dele num cabide, ao lado de outras roupas. Eu devia surpreender-me, mas não me surpreendi, como se o esperasse. "É isso mesmo" — disse de mim para mim. Quando perguntei a Iegor quem estava ali, e ele me disse o nome de Trukhatchévski, perguntei-lhe se havia mais alguém. Disse-me:

— Ninguém.

Lembro-me de que me respondeu isso com tal entonação como se desejasse alegrar-me e dissipar as minhas dúvidas no sentido de estar ali mais alguém. "Ninguém. Ora, ora" — como que dizia eu a mim mesmo.

— E as crianças?

— Graças a Deus, com saúde. Estão dormindo há muito tempo.

Eu não conseguia respirar e não podia deter os maxilares trêmulos. "Sim, quer dizer que as coisas são como eu pensei: em outros tempos, cheguei a pensar numa desgraça, e depois tudo aparecia bom, à maneira de sempre. Mas agora, as coisas não estão como sempre, eis tudo o que eu imaginei e que pensei não passar de fantasia, mas que acontece e de fato. Aí está tudo isto..."

Quase rompi em soluços, mas no mesmo instante o demônio sugeriu-me: "Fica aí chorando, entrega-te ao sentimentalismo, e eles vão separar-se tranquilamente, não haverá provas, e hás de torturar-te e duvidar a vida inteira". Imediatamente, desapareceu o sentimentalismo em relação a mim mesmo, surgindo um sentimento estranho — o senhor não me acreditará — um sentimento de alegria, pelo fato de que ia acabar logo o meu tormento, de que eu já podia castigá-la, livrar-me dela, dar pleno curso à minha ira. E eu dei-lhe curso: tornei-me uma fera — uma fera cruel e astuta.

— Não precisa, não precisa — disse eu a Iegor, que já queria ir para a sala de visitas —, faça o seguinte: alugue bem depressa um fiacre e vá receber a minha bagagem, aqui está o recibo. Pode ir.

Ele atravessou o corredor, a fim de ir apanhar o sobretudo. Temendo que ele os assustasse, acompanhei-o até o seu cubículo e esperei que acabasse de se vestir. Vindo da sala de visitas, da qual eu estava separado por mais um compartimento, ouvia-se um som de vozes, de pratos e talheres. Eles estavam comendo e não ouviram a campainha. "Tomara que não saiam agora" — pensei. Iegor vestiu o seu sobretudo com aplicações de astracã e saiu. Fechei atrás dele a porta, e tive medo ao sentir que estava sozinho e precisava agir imediatamente. Ainda não sabia como fazê-lo. Sabia somente que já estava tudo acabado, que não podia mais haver dúvidas sobre a culpa de minha mulher, e que, dentro de um instante, eu ia castigá-la e pôr fim às minhas relações com ela.

Antes, eu ainda tinha vacilações, dizia a mim mesmo:

"Talvez seja mentira, talvez me engane"; agora, isto não existia mais. Tudo estava decidido inapelavelmente. A sós com ele, de noite, às ocultas de mim! Isto já era o completo esquecimento de tudo. Ou ainda pior: intencionalmente, havia essa coragem, essa insolência no crime, para que a própria insolência servisse de indício de inocência. Tudo claro. Não há mais dúvida. Eu temia unicamente que eles se separassem correndo, inventassem um novo embuste e, desse modo, me privassem tanto da evidência da prova como da possibilidade de castigar. E a fim de surpreendê-los mais depressa, fui nas pontas dos pés ao salão, onde estavam sentados, passando não pela sala de visitas, mas pelo corredor e pelos quartos das crianças.

No primeiro, os meninos estavam adormecidos. No segundo, a babá mexeu-se, quis acordar, e eu imaginei o que ela pensaria depois de saber tudo, e uma comiseração tamanha apoderou-se de mim ao ocorrer-me esse pensamento que não pude conter as lágrimas, e, procurando não acordar as crianças, corri nas pontas dos pés para o corredor, depois para o meu escritório, onde me deixei cair sobre o divã e prorrompi em soluços.

"Sou um homem honesto, um filho legítimo, sonhei a vida inteira com uma vida de família feliz, sou um homem que nunca a traiu... E aí está! Cinco filhos, e ela se abraça a um músico, porque ele tem lábios vermelhos! Não, ela não é gente! É uma cadela, uma cadela abjeta! Ao lado do quarto das crianças, por quem fingiu amor a vida inteira. E escrever-me o que ela escreveu! E atirar-se com tamanho impudor ao pescoço dele! Mas que sei eu? Talvez isso estivesse acontecendo o tempo todo. Talvez ela tenha engendrado há muito tempo, com uns criados, todos os filhos considerados meus. E se eu chegasse amanhã, ela me receberia com o seu penteado, com esta sua cintura, com os seus movimentos graciosos e indolentes (vi todo o seu rosto atraente e odioso), e esta fera do ciúme ficaria alojada para sempre em meu coração, dilacerando-o. O que pensará a babá, e Iegor? E a pobre Lísotchka![24] Ela já compreendia alguma coisa. E este impudor! E esta mentira! E esta sensualidade animal, que eu conheço tão bem" — dizia comigo.

Quis levantar-me, mas não pude. O coração batia-me tanto que não conseguia permanecer de pé. Sim, vou morrer de colapso. Ela me matará. É justamente do que precisa. E então, que ela me mate? Não, isto seria demasiado vantajoso para ela, e não lhe proporcionarei este prazer. Sim, estou sentado aqui, eles lá comendo e rindo, e... Sim, embora ela não fosse tão nova, ele não desdenhara tomá-la: apesar de tudo, não era feia, e principalmente, aquilo não apresentava perigo para a preciosa saúde dele. "E por que não a esganei então?" — disse a mim mesmo, depois de lembrar o instante em que, uma semana atrás, eu a empurrara para fora do meu escritório, e depois ficara quebrando objetos. Lembrei vivamente o meu estado de então; não só o lembrei, mas senti a mesma necessidade de bater, de destruir, que experimentara na ocasião. Lembro-me da vontade que me veio de agir, e quaisquer considerações além das necessárias para a ação pularam para fora da minha cabeça. Entrei na condição da fera ou do homem sob a ação de uma excitação física, que se dá por ocasião de um perigo, quando se age com precisão, sem pressa, mas também sem perder nenhum instante, e tudo com um fim único e determinado.

XXVII

— O primeiro que fiz foi tirar as botas e, ficando de meias, acerquei-me da janela sobre o divã, onde estavam penduradas armas de fogo e punhais, e apanhei um punhal torto de Damasco, não usado nenhuma vez e tremendamente

[24] Diminutivo de Ielisavieta. (N. do T.)

afiado. Tirei-o da bainha. A bainha, lembro-me, caiu para trás do divã, e, lembro-me também, eu disse no íntimo: "Preciso encontrá-la depois, senão vai se perder". Em seguida, tirei o sobretudo, que não me saíra do corpo aquele tempo todo, e, pisando macio, só de meias, fui para lá.

Esgueirei-me quieto, e de repente abri a porta. Lembro-me da expressão dos seus rostos. Lembro-me dessa expressão porque ela me causou uma alegria torturante. Era a expressão do pavor. E era justamente do que eu precisava. Nunca esquecerei a expressão de pavor e desespero, que apareceu no rosto de ambos, no primeiro instante em que me viram. Ele estava sentado, se não me engano, à mesa, mas, depois de me ver ou de me ouvir, pôs-se num salto de pé e parou de costas para um armário. O rosto dele tinha unicamente uma expressão de pavor, de todo indiscutível. O rosto dela estava com a mesma expressão apavorada, mas havia algo mais. Se houvesse unicamente aquela expressão, talvez não acontecesse o que aconteceu; mas no rosto dela havia ainda, pelo menos me pareceu no primeiro instante, descontentamento e mágoa pelo fato de ter sido interrompido o seu estado de arrebatamento, provocado pelo amor e pela felicidade com ele. Parecia não precisar de nada, além de que não a impedissem de ser feliz então. Ambas as expressões permaneceram no rosto deles apenas um instante. O pavor no rosto dele deu lugar imediatamente à expressão da pergunta: pode-se mentir ou não? Se se pode, é preciso começar já. Se não, começará algo diferente. Mas o quê? Ele olhou-a interrogador. No rosto dela, a expressão de mágoa e despeito, pareceu-me, foi substituída, quando ela o olhou, pela preocupação por ele.

Detive-me um instante à porta, segurando o punhal atrás de mim. No mesmo instante, ele sorriu e, num tom cômico de tão indiferente, começou:

— E nós que estávamos aí fazendo música...

— E eu que não esperava você — começou também ela ao mesmo tempo, obedecendo ao tom que ele assumira.

Mas nem um nem outro acabaram de falar: apossou-se de mim o mesmo furor que eu experimentara uma semana antes. Senti novamente essa necessidade de destruição, de violência, de êxtase do furor, e entreguei-me a ele.

Ambos não acabaram de falar... Começou aquilo outro, que ele temia, e que rompia no mesmo instante tudo o que eles diziam. Atirei-me na direção dela, sempre ocultando o punhal, para que ele não me impedisse de golpeá-la do lado, sob o seio. Escolhi esse lugar desde o início. No mesmo instante em que me atirei para ela, ele viu a arma, e, num repente que eu de modo nenhum esperava dele, agarrou-me o braço e gritou:

— Volte a si, que é isso?! Socorro!

Desvencilhei o braço e, calado, atirei-me contra ele. Os seus olhos encontraram os meus, ele empalideceu de súbito como um lençol, os lábios inclusive, os olhos faiscaram-lhe de certa maneira peculiar, e, ação que eu também não esperava absolutamente, abaixou-se e, passando pela parte inferior do piano, saiu pela porta. Lancei-me em sua perseguição, mas um peso pendurou-se em meu braço esquerdo. Era ela. Dei-lhe um repelão. Ela pendurou-se ainda mais pesadamente e não me soltava. Este empecilho inesperado, o peso, e o seu contato, asqueroso para mim, inflamaram-me ainda mais. Eu sentia que estava plenamente enfurecido e que devia ser assustador, e alegrei-me com isso. Sacudi com toda a força o braço esquerdo, e acertei-lhe com o cotovelo bem no rosto. Ela emitiu um grito e soltou-me o braço. Eu quis correr atrás dele, mas lembrei-me de que seria ridículo correr de meias atrás do amante de minha mulher, e eu não queria ser ridículo, queria ser assustador. Não obstante a fúria terrível em que me encontrava, lembrei-me o tempo todo da impressão que estava causando aos demais, e esta impressão até me dirigia em parte. Voltei-me para ela. Caíra sobre o divã e, agarrando os olhos machucados por mim, olhava-me. Em seu rosto, havia medo e ódio a mim, ao inimigo, lembrava um rato, no momento em que se pega a ratoeira em que ele foi apanhado. Eu, pelo menos, não via nada, além desse medo e do ódio a mim. Eram o mesmo medo e ódio a mim que deviam ser suscitados pelo seu amor a um outro. Todavia, eu talvez ainda me contivesse e não fizesse aquilo que fiz, se ela se mantivesse calada. Mas, de repente, pôs-se a falar, a agarrar-me a mão com o punhal.

— Volte a si! O que é isso? O que você tem? Não existe nada, nada, nada... Eu juro!

Eu ainda me teria demorado, mas essas últimas palavras dela, das quais eu concluí o contrário, isto é, que tudo acontecera, exigiam uma resposta. E a resposta devia corresponder àquele estado ao qual eu me conduzira, que ia num crescendo contínuo e devia continuar a elevar-se ainda. O furor tem também as suas leis.

— Não minta, miserável! — urrei, e agarrei-lhe o braço com a mão esquerda, mas ela desvencilhou-se. Insistindo, porém, e sem soltar o punhal, agarrei-lhe o pescoço com a mão esquerda, derrubei-a de costas e pus-me a sufocá-la. Como era áspero aquele pescoço... Ela agarrou-me os braços com ambas as mãos, procurando afastá-los do seu pescoço, e eu como que esperava justamente aquilo, golpeei-a com o punhal, com toda a força, do lado esquerdo, abaixo das costelas.

Quando as pessoas dizem que, presas do furor, não têm consciência do que fazem, é um absurdo, é mentira. Eu me lembrava de tudo, e não deixei de lembrá-lo um segundo sequer. Quanto mais fortemente eu cultivava em mim o meu furor, tanto mais nitidamente acendia-se em mim a luz da consciência, com a qual eu não podia deixar de ver o que fazia. A cada segundo, eu sabia o que estava fazendo. Não posso dizer que soubesse de antemão o que ia fazer, mas, no segundo em que o realizava, até, se não me engano, um pouco antes, eu sabia o que fazia, como se fosse para tornar possível o arrependimento, para que eu pudesse dizer a mim mesmo que eu podia ter parado. Eu sabia que estava golpeando abaixo das costelas e que o punhal penetraria ali. No momento em que o fazia, eu sabia que realizava algo horrível, algo que eu nunca fizera, e que teria consequências horríveis. Mas a noção disso perpassou como um raio, seguida imediatamente pela ação. E a consciência desta era de uma nitidez extraordinária. Eu senti e lembro a resistência momentânea da cinta, de alguma coisa mais, e, em seguida, a penetração da lâmina em algo macio. Ela agarrou-se ao punhal com as mãos, cortou-as, mas não conseguiu segurá-lo. Mais tarde, na prisão, depois que passei pela minha crise moral, eu pensei muito sobre esse instante, lembrava o que podia e refletia. Lembro que houve por um momento, mas um momento apenas, aquele que precedeu o ato, a consciência terrível de que eu estava matando, de que matara uma mulher, uma mulher indefesa, a minha esposa. Lembro o horror dessa consciência e daí concluo, e até lembro confusamente, que tendo cravado o punhal, no mesmo instante o retirei, querendo corrigir, deter, o que já fora realizado. Por um instante, fiquei imóvel, esperando o que ia acontecer, procurando ver se era possível corrigir aquilo. Ela se pôs de pé, gritou:

— Babá! Ele me matou!

A babá, que ouvira o barulho, estava à porta. Eu continuava parado, esperando, sem acreditar. Mas justamente então, o sangue jorrou de baixo da sua cinta. Somente então, compreendi que não se podia mais corrigir, e no mesmo instante decidi que também não era necessário, que eu queria aquilo mesmo e era justamente o que deveria fazer. Esperei que ela caísse e a babá corresse na sua direção, gritando: "Pai do céu!" — e somente então joguei fora o punhal e saí do quarto.

"Não devo ficar nervoso, preciso saber o que faço" — disse a mim mesmo, sem olhar para ela nem para a babá. Esta gritava, chamando a criada. Atravessei o corredor, ordenei à criada que fosse para lá, e dirigi-me ao meu quarto. "O que devo fazer agora?" — perguntei-me, e, no mesmo instante, compreendi o que era preciso fazer. Entrando no escritório, caminhei diretamente para a parede, tirei dela um revólver, examinei-o — estava carregado — e coloquei-o sobre a mesa. Depois, apanhei a bainha do punhal atrás do divã e sentei-me neste.

Passei assim muito tempo. Não pensava em nada, não lembrava nada. Ouvi movimento por lá. Ouvi chegar alguém, depois alguém mais. A seguir, ouvi e vi Iegor carregar para o escritório o cesto que eu trouxera. Como se alguém precisasse disso!

— Você ouviu o que aconteceu? — disse eu. — Diga ao zelador que avisem a polícia.

Ele não disse nada e saiu. Levantei-me, tranquei a porta e, tirando cigarros e fósforos, pus-me a fumar. Antes que acabasse de fumar um cigarro, o sono me agarrou e derrubou. Dormi certamente umas duas horas. Vi em sonho, lembro-me, que ela e eu estávamos de bem, depois brigamos, mas fizemos as pazes, que algo atrapalhava um pouco, mas que assim mesmo vivíamos em boas relações. Acordou-me uma batida na porta. "É a polícia" — pensei acordando. — "Eu matei, segundo parece. Mas talvez seja ela, e nada tenha acontecido." Tornaram a bater. Não respondi, enquanto procurava resolver: aquilo acontecera ou não? Sim, acontecera. Lembrei-me da resistência do espartilho e da lâmina penetrando, e um frio percorreu-me a espinha. "Sim, aconteceu. Agora, preciso fazer o mesmo comigo" — disse com os meus botões. Mas, dizendo-o, eu sabia que não ia me matar. Todavia, levantei-me e tornei a apanhar o revólver. Mas, é estranho: lembro-me como, anteriormente, eu estivera muitas vezes próximo ao suicídio, como, aquele dia mesmo, isto me parecera fácil no trem, fácil justamente porque eu pensava em como ia impressioná-la com isso. Agora, eu não podia de modo algum não só matar-me, mas até pensar nisso. "Para que fazê-lo?" — perguntava no íntimo, e não havia resposta. Tornaram a bater na porta. "Sim, em primeiro lugar, preciso saber quem está batendo. Ainda vou ter tempo." Deixei o revólver e cobri-o com um jornal. Acerquei-me da porta e puxei o ferrolho. Era a irmã de minha mulher, uma viúva bondosa, estúpida.

— Vássia! O que é isso? — disse ela, e as lágrimas, que tinha sempre prontas, jorraram-lhe em abundância.

— O que você quer? — perguntei grosseiro. Eu via que não era absolutamente preciso, e que não havia nenhum motivo para ser rude com ela, mas não pude imaginar outro tom.

— Vássia, ela está morrendo! Ivan Fiódorovitch disse. — Ivan Fiódorovitch era o médico, o seu médico e conselheiro. — Vássia, vá para junto dela. Ah, como isto é terrível.

"Ir para junto dela?" — formulei esta pergunta a mim mesmo. E imediatamente respondi que era preciso ir, que, provavelmente, sempre se faz assim, que numa ocasião em que um marido matou, como eu, a mulher, é preciso sem falta ir para junto dela. "Se é assim que se faz, tenho que ir" — disse a mim mesmo. — "E se for preciso, sempre terei tempo." — pensei sobre a minha intenção de me suicidar, e acompanhei-a. "Agora, haverá frases, caretas, mas eu não cederei a elas" — disse comigo.

— Espere — dirigi-me à irmã —, é estúpido ir sem botas, deixe-me calçar pelo menos os sapatos.

XXVIII

— E — coisa estranha! — quando saí do quarto e passei pelos outros, tão conhecidos, surgiu em mim novamente a esperança de que nada tivesse acontecido, mas o cheiro dessa imundície medicinal — iodofórmio, fenol — espantou-me. Não, tudo acontecera. Atravessando o corredor e passando pelo quarto das crianças, vi Lísonka.[25] Tinha voltados para mim os olhos apavorados. Pareceu-me até que estavam ali

[25] Diminutivo de Ielisavieta. (N. do T.)

todos os meus cinco filhos, e que todos me olhavam. Aproximei-me da porta, a criada abriu-a do outro lado e saiu. A primeira coisa que me saltou aos olhos foi o seu vestido cinzento-claro sobre uma cadeira, todo negro de sangue. Ela estava deitada, os joelhos erguidos, sobre a nossa cama de casal, na minha parte até: fora mais fácil deitá-la desse lado. O seu corpo estava erguido muito suavemente, sobre os travesseiros apenas, e tinha desabotoado o casaquinho. Pusera-se algo no lugar da ferida. No quarto, havia um cheiro pesado de iodofórmio. O que me espantou em primeiro lugar e mais que tudo foi o seu rosto, inchado, azulado nas porções entumescidas, numa parte do nariz e sob o olho. Era uma consequência do meu golpe com o cotovelo, quando ela quisera deter-me. Não havia beleza nenhuma, vi nela qualquer coisa de abjeto. Parei no umbral.

— Aproxime-se, aproxime-se dela — disse a irmã.

"Sim, está certo, ela quer arrepender-se" — pensei. "Perdoar? Sim, ela está morrendo e posso perdoá-la" — pensei ainda, esforçando-me por ser generoso. Cheguei bem perto. Ela ergueu com dificuldade os olhos na minha direção, um deles estava machucado, e disse, com dificuldade também, a voz interrompida:

— Conseguiu o que queria, matou... — e em seu rosto, através do sofrimento físico e a proximidade da morte até, expressou-se o mesmo ódio que eu já conhecia, um ódio frio, animal. — Mesmo assim... não entregarei a você... os filhos... Ela (a irmã) vai levá-los...

Parecia considerar que não valia a pena referir-se àquilo que era o mais importante para mim, à sua culpa, à traição.

— Sim, admire o que você fez — disse olhando para a porta e soluçou. À porta, estavam a irmã com os filhos. — Sim, aí tem o que fez.

Olhei para as crianças, para o seu rosto machucado, entumescido, e pela primeira vez esqueci-me de mim, dos meus direitos, do meu orgulho, pela primeira vez vi nela um ser humano. E pareceu-me tão insignificante tudo o que me ofendia, todo o meu ciúme, e tão significativo o que eu fizera, que eu quis encostar o rosto à sua mão e dizer: “Perdão!” — mas não ousei.

Ela calava-se, os olhos fechados, provavelmente sem forças para falar mais. Depois, o seu rosto deformado estremeceu e enrugou-se. Repeliu-me fracamente.

— Para quê tudo isto aconteceu? Para quê?

— Perdoe-me — disse eu.

— Perdoar? Tudo isto é bobagem!... O que importa é não morrer!... — exclamou ela, soergueu-se, e os seus olhos brilhantes de febre fixaram-se em mim. — Sim, você conseguiu o que queria!... Eu o odeio!... Ai! Ah! — gritou ela, provavelmente em delírio, assustada com algo. — Bem, mate, mate, não tenho medo... Mas a todos, a todos, a ele também. Foi embora, foi embora!

O delírio não cedeu mais. Ela não reconhecia ninguém. Morreu cerca do meio-dia. Antes disso, às oito, fui levado para o distrito policial e, em seguida, para a prisão. E ali, esperando onze meses o julgamento, pensei tudo sobre mim e o meu passado e eu o compreendi. Comecei a compreender no terceiro dia. Nesse dia, conduziram-me para lá...

Quis dizer algo, e, não conseguindo mais conter o pranto, deteve-se. A seguir, concentrando as forças, continuou.

— Comecei a compreender somente quando a vi no caixão... — Emitiu um soluço, mas imediatamente prosseguiu, apressado: — Somente quando vi o seu semblante morto, compreendi tudo o que fizera. Compreendi que fora eu, eu mesmo, quem a matara, que por minha causa ela, que fora viva, movente, cálida, tornara-se imóvel, cérea, fria, e que não se podia corrigi-lo jamais, em parte alguma, com nada. Quem não sofreu isto não pode compreendê-lo... Uh! Uh! Uh!... — exclamou ele algumas vezes e calou-se.

Passamos muito tempo em silêncio. Ele soluçava e tremia calado, frente a mim.

— Bem, desculpe...

Virou-se para o outro lado e deitou-se no banco, ocultando-se sob a manta. Às oito da manhã, na estação em que eu tinha que descer, aproximei-me dele, para me despedir. Quer dormisse, quer fingisse dormir, ele não se mexia. Toquei-o com a mão. Descobriu-se, e ficou evidente que não dormia.

— Adeus — disse eu, dando-lhe a mão.

Estendeu-me a sua e esboçou um sorriso, mas tão lastimoso que tive vontade de chorar.

— Sim, desculpe — repetiu ele a palavra com que havia concluído o relato.

POSFÁCIO

Boris Schnaiderman

O leitor atual de *A Sonata a Kreutzer* (1891) vive com certeza uma situação muito contraditória. Realmente, não dá para aceitar em nossos dias o que Tolstói diz aí sobre a relação entre os sexos. E ao mesmo tempo, a novela nos arrasta com seu tom arrebatado, com a exaltação e o patético desse texto.

Ele já havia escrito o seu *mea culpa*, expondo ao leitor, em *Confissão* (1882), as suas fraquezas, os seus "pecados". Também no diário aparecem com frequência anotações sobre os mesmos problemas. Evidentemente, porém, ele sentiu necessidade de expor publicamente, em forma concentrada, a sua obsessão.

O personagem Pózdnichev não é nenhum Tolstói, sob qualquer ângulo que o abordemos, mas ele é a expressão de todo o ressentimento do autor nesse campo, de sua raiva, do fermentar incessante do mesmo problema. Ora, neste sentido, a novela é insuperável.

Não foi nada casual o fato de Tolstói ter ligado uma história de sedução e pecado, que levam ao crime, e um tema associado à música. Esta o deixava profundamente perturbado. Eis, por exemplo, o depoimento de um de seus filhos, o musicólogo Sierguéi Tolstói, sobre o modo como ele a recebia:

> "Eu não encontrei em minha vida ninguém que sentisse a música tão intensamente como meu pai. Ouvindo música de seu agrado, perturbava-se,

tinha um aperto na garganta, soltava soluços e vertia lágrimas. Uma perturbação sem motivo e um enternecimento eram o que lhe provocava a música. Às vezes, ela o perturbava contra a sua vontade, torturava-o até, e ele dizia: '*Que me veut cette musique?*'[1] Esta ação da música, independente de uma relação racional com ela, foi descrita com particular intensidade em *A Sonata a Kreuzer*".[2]

Em mais de uma ocasião, tratou dela como um elemento de perversão, isto em relação àquela que chamamos de erudita, pois a praticada pelo povo concentraria em si todas as virtudes. Deixou esta sua opinião registrada em muitos escritos, particularmente no tratado *O que é arte?*, de 1897.

No entanto, a sua preocupação com a música vinha de longe. Assim, numa redação preliminar de seu primeiro livro publicado, *Infância* (1852), escreveu:

> "A música não atua nem sobre a inteligência, nem sobre a imaginação. Enquanto estou escutando música, eu não penso em nada e não imagino nada, mas certo sentimento estranho e voluptuoso enche a tal ponto a minha alma que eu perco a noção de minha existência, e este sentimento é a recordação. Mas, recordação do quê? Embora a sensação seja intensa, a recordação não é nítida. É como se alguém lembrasse algo que jamais existiu. A base do sentimento que toda arte nos provoca não será a recordação?... O sentimento da música não procederia da recordação de sentimentos e das passa-

[1] "O que quer de mim esta música?"

[2] Sierguéi Tolstói, *Ótcherki bilovo* (Crônicas sobre o passado), Moscou, Goslitizdát (Editora Estatal de Obras de Literatura), 1956, 2ª ed., p. 373.

gens de um sentimento a outro?... Platão em sua *República* supunha, como condição indispensável, que ela expressasse sentimentos nobres. Cada frase musical expressa algum sentimento: orgulho, alegria, tristeza, desespero, etc. ou uma das infindáveis combinações desses sentimentos entre si. As obras musicais que não expressam nenhum sentimento são compostas ora com o fim de mostrar erudição, ora para ganhar dinheiro; em suma, em música, como em tudo o mais, existem monstros, mas não se pode julgar por eles. Se supusermos que a música é recordação de sentimentos, ficará compreensível por que ela atua de modo variado sobre as pessoas. Quanto mais puro e feliz foi o passado de uma pessoa, mais ela ama as suas recordações e com maior força sente a música; ao contrário, quanto mais pesadas forem as recordações de uma pessoa, tanto menos ela a sente, e por isso há pessoas que não suportam a música".[3]

Eis, sem dúvida, um texto que parece dar razão aos que afirmam ter sido a famosa crise existencial de Tolstói, na década de 1870, simplesmente a exacerbação do que ele vivenciara desde muito antes.[4] Aquela referência aos "monstros" que tiravam vantagem com a arte não seria um prenúncio das suas vergastadas nos que praticavam arte em seu tempo? E o clima criado em *A Sonata a Kreutzer* não teria muito a ver com esse estado de espírito?

Também não é casual o fato de Tolstói ter escolhido uma obra de Beethoven para dar vazão à sua raiva contra a

[3] Anotação no diário de Tolstói em 20/1/1905. *Apud* Sierguéi Tolstói, *op. cit.*, pp. 396-7.

[4] Tratei disso de modo mais desenvolvido no prefácio a Máximo Górki, *Leão Tolstói*, São Paulo, Perspectiva, 1983, pp. 9-12.

música tocada geralmente nos concertos. Não se trata apenas das restrições que ele faz à sonata em questão, como uma composição musical, e que lemos no capítulo XXIII, onde chega a definir o andante da peça como "belo, mas comum e nada novo, com variações vulgares e um final completamente fraco". Não, o essencial no caso é o caráter libidinoso que aponta nela, cuja execução muitas vezes provocaria "a mais perigosa proximidade entre um homem e uma mulher" (capítulo XXI). Ora, ele apontou mais de uma vez para esta característica, a seu ver inerente a Beethoven.

E, de modo geral, a rejeição a Beethoven ia de par com a ideia, já referida aqui, de que a verdade estava com o povo e a melhor música seria a produzida por ele. Assim, num pequeno artigo sobre a atividade de sua escola para crianças camponesas, escrevia em 1862:

> "Eu lembro que 'O instante maravilhoso',[5] ou obras musicais como a última sinfonia de Beethoven não são tão indiscutivelmente boas como a canção sobre Vanka, o Despenseiro, ou a melodia de 'Pela mãezinha Volga abaixo',[6] e que Púchkin e Beethoven nos agradam não porque neles exista uma beleza absoluta, mas porque estamos tão estragados como Púchkin e Beethoven".[7]

Há um depoimento, que parece estranho, de Sierguéi Tolstói sobre a elaboração desta novela:

> "Eu me lembro de que, durante a redação de *A Sonata a Kreutzer*, Lev Nikoláievitch procurava

[5] Um dos poemas líricos mais famosos de A. S. Púchkin.

[6] Em russo, a palavra rio é feminina.

[7] *Apud* Sierguéi Tolstói, *op. cit.*, p. 379.

> esclarecer a si mesmo que sentimentos precisamente eram expressos pelo primeiro presto; ele dizia que a introdução à primeira parte advertia sobre a importância daquilo que vinha a seguir, que o sentimento indefinido e perturbador representado pelo primeiro tema e o sentimento contido e que se tranquiliza, representado pelo segundo, conduziam à melodia forte, nítida e até grosseira da parte conclusiva, que expressaria simplesmente a sensualidade. A seguir, porém, Lev Nikoláievitch renunciou ao pensamento de que essa melodia representava a sensualidade. Pois, segundo pensava então, a música não podia representar este ou aquele sentimento, mas apenas sentimento em geral, e aquela melodia era a representação em geral de um sentimento nítido e forte, mas um sentimento que não se podia definir".[8]

Fica-se, pois, sabendo que Tolstói teve seu momento de dúvida em relação às certezas alucinadas de Pózdnichev. Aliás, isso está de acordo com o que escreveria em seu diário, cinco anos antes de morrer:

> "A música é a taquigrafia dos sentimentos. Eis o que isto significa: a sequência veloz ou lenta dos sons, sua altura e intensidade completam as palavras e o seu sentido, apontando para aqueles matizes de sentimento que estão ligados com partes de nosso discurso. Mas a música sem o discurso toma essas expressões de sentimentos e matizes e os reúne, e nós recebemos o jogo dos sentimentos sem aquilo que os suscita. É por isso que a música atua

[8] *Apud* Sierguéi Tolstói, *op. cit.*, pp. 396-7.

com tamanha força, e também por isso a ligação da música e das palavras é um enfraquecimento da música, um retrocesso, a transcrição dos signos taquigráficos por meio de sons”.[9]

Vemos aí um Tolstói que deixa de lado suas certezas olímpicas, a sua pregação continuada. Mas isto não anula o categórico dos juízos que deixou expressos. É verdade que encontramos, numa carta que dirigiu a sua esposa, quase uma repetição daquela passagem do diário. Mas o que deixou escrito em *A Sonata a Kreutzer* e em outros textos é uma afirmação categórica de suas obsessões.

Uma passagem chocante é a referência às mulheres e aos judeus que encontramos no capítulo IX: “As mulheres procedem exatamente como os judeus, que se vingam por meio de seu poderio financeiro da opressão que lhes é infligida”.

Ora, *A Sonata a Kreutzer* foi publicada em 1891, isto é, justamente no período inicial da difusão do famoso *Os Protocolos dos Sábios de Sião* e pouco depois da onda de *pogroms* em diversas cidades do Império. E esta opinião de Pózdnichev, em certos aspectos um porta-voz de Tolstói, ajuda a compreender as vacilações deste em relação à “questão judaica”. Vacilações essas que parecem justificar o que se afirmava naquele panfleto de origem policial: a existência de uma conspiração judaica para dominar o mundo.

É verdade que ele chegou a assinar documento coletivo contra os massacres de judeus. Mas, em outras ocasiões, recusou-se a manifestar-se. Logo ele, cuja condenação veemente da opressão e da violência partida de cima ressoava pelo mundo! Em alguma medida, a concepção exposta por Pózdnichev explica esta posição. E isto numa época em que alguns dos escritores mais aplaudidos manifestavam-se com veemên-

[9] *Apud* Sierguéi Tolstói, *op. cit.*, pp. 384-5.

cia contra o antissemitismo, como foi o caso de Maksim Górki, Leonid Andréiev, Vladímir Korolenko e outros.[10]

Enfim, com sua carga de exacerbação da emotividade, *A Sonata a Kreutzer* desafia-nos até hoje e parece insistir em que a literatura nos obriga às vezes a conviver com aquilo que nos parece mais odioso em nosso cotidiano.

[10] Há uma abordagem muito boa da relação de Tolstói com a "questão judaica" no livro de Leon Poliakov, *História do antissemitismo*, v. IV, *A Europa suicida*, São Paulo, Perspectiva, 1985, pp. 77-80, 118. Quanto ao famoso *Protocolos*, existe uma vasta bibliografia, inclusive um livro brasileiro: Anatol Rosenfeld, *Mistificações literárias: Os Protocolos dos Sábios de Sião*, São Paulo, Perspectiva, 1976.

SOBRE O AUTOR

Lev Nikolaiévitch Tolstói nasce em 1828 na Rússia, em Iásnaia Poliana, propriedade rural de seus pais, o conde Nikolai Tolstói e a princesa Mária Volkônskaia. Com a morte da mãe em 1830, e do pai, em 1837, Lev Nikolaiévitch e seus irmãos são criados por uma tia, Tatiana Iergolskaia. Em 1845, Tolstói ingressa na Universidade de Kazan para estudar Línguas Orientais, mas abandona o curso e transfere-se para Moscou, onde se envolve com o jogo e com as mulheres. Em 1849, presta exames de Direito em São Petersburgo, mas, continuando sua vida de dissipação, acaba por se endividar gravemente e empenha a propriedade herdada de sua família.

Em 1851 alista-se no exército russo, servindo no Cáucaso, e começa a sua carreira de escritor. Publica os livros de ficção *Infância*, *Adolescência* e *Juventude* nos anos de 1852, 1854 e 1857, respectivamente. Como oficial, participa em 1855 da batalha de Sebastópol, na Crimeia, onde a Rússia é derrotada, experiência registrada nos *Contos de Sebastópol*, publicados entre 1855 e 1856. De volta à Iásnaia Poliana, procura libertar seus servos, sem sucesso. Em 1859 publica a novela *Felicidade conjugal*, mantêm um relacionamento com Aksínia Bazikina, casada com um camponês local, e funda uma escola para os filhos dos servos de sua propriedade rural.

Em 1862 casa-se com Sófia Andréievna Bers, então com dezessete anos, com quem teria doze filhos. *Os cossacos* é publicado em 1863, *Guerra e paz*, entre 1865 e 1869, e *Anna Kariênina*, entre 1875 e 1878, livros que trariam enorme reconhecimento ao autor. No auge do sucesso como escritor, Tolstói passa a ter recorrentes crises existenciais, processo que culmina na publicação de *Confissão*, em 1882, onde o autor renega sua obra literária e assume uma postura social-religiosa que se tornaria conhecida como "tolstoísmo". Mas, ao lado de panfletos como *Minha religião* (1884) e *O que é arte?* (1897), continua a produzir obras-primas literárias como *A morte de Ivan Ilitch* (1886), *A Sonata a Kreutzer* (1891) e *Khadji-Murát* (1905).

Espírito inquieto, foge de casa aos 82 anos de idade para se retirar em um mosteiro, mas falece a caminho, vítima de pneumonia, na estação ferroviária de Astápovo, em 1910.

SOBRE O TRADUTOR

Boris Schnaiderman nasceu em Úman, na Ucrânia, em 1917. Em 1925, aos oito anos de idade, veio com os pais para o Brasil, formando-se posteriormente na Escola Nacional de Agronomia do Rio de Janeiro. Naturalizou-se brasileiro nos anos 1940, tendo sido convocado a lutar na Segunda Guerra Mundial como sargento de artilharia da Força Expedicionária Brasileira — experiência que seria registrada em seu livro de ficção *Guerra em surdina* (escrito no calor da hora, mas finalizado somente em 1964) e no relato autobiográfico *Caderno italiano* (Perspectiva, 2015). Começou a publicar traduções de autores russos em 1944 e a colaborar na imprensa brasileira a partir de 1957. Mesmo sem ter feito formalmente um curso de Letras, foi escolhido para iniciar o curso de Língua e Literatura Russa da Universidade de São Paulo em 1960, instituição onde permaneceu até sua aposentadoria, em 1979, e na qual recebeu o título de Professor Emérito, em 2001.

É considerado um dos maiores tradutores do russo em nossa língua, tanto por suas versões de Dostoiévski — publicadas originalmente nas *Obras completas* do autor lançadas pela José Olympio nos anos 1940, 50 e 60 —, Tolstói, Tchekhov, Púchkin, Górki e outros, quanto pelas traduções de poesia realizadas em parceria com Augusto e Haroldo de Campos (*Maiakóvski: poemas*, 1967, *Poesia russa moderna*, 1968) e Nelson Ascher (*A dama de espadas: prosa e poesia*, de Púchkin, 1999, Prêmio Jabuti de tradução). Publicou também diversos livros de ensaios: *A poética de Maiakóvski através de sua prosa* (Perspectiva, 1971, originalmente sua tese de doutoramento), *Projeções: Rússia/Brasil/Itália* (Perspectiva, 1978), *Dostoiévski prosa poesia* (Perspectiva, 1982, Prêmio Jabuti de ensaio), *Turbilhão e semente: ensaios sobre Dostoiévski e Bakhtin* (Duas Cidades, 1983), *Tolstói: antiarte e rebeldia* (Brasiliense, 1983), *Os escombros e o mito: a cultura e o fim da União Soviética* (Companhia das Letras, 1997) e *Tradução, ato desmedido* (Perspectiva, 2011). Recebeu em 2003 o Prêmio de Tradução da Academia Brasileira de Letras, concedido então pela primeira vez, e em 2007 foi agraciado pelo governo da Rússia com a Medalha Púchkin, em reconhecimento por sua contribuição na divulgação da cultura russa no exterior.

Faleceu em São Paulo, em 2016, aos 99 anos de idade.

COLEÇÃO LESTE

István Örkény
A exposição das rosas e A família Tóth

Karel Capek
Histórias apócrifas

Dezsö Kosztolányi
O tradutor cleptomaníaco e outras histórias de Kornél Esti

Sigismund Krzyzanowski
O marcador de página e outros contos

Aleksandr Púchkin
A dama de espadas: prosa e poemas

A. P. Tchekhov
A dama do cachorrinho e outros contos

Óssip Mandelstam
O rumor do tempo e Viagem à Armênia

Fiódor Dostoiévski
Memórias do subsolo

Fiódor Dostoiévski
O crocodilo e
Notas de inverno sobre impressões de verão

Fiódor Dostoiévski
Crime e castigo

Fiódor Dostoiévski
Niétotchka Niezvânova

Fiódor Dostoiévski
O idiota

Fiódor Dostoiévski
Duas narrativas fantásticas: A dócil e
O sonho de um homem ridículo

Fiódor Dostoiévski
O eterno marido

Fiódor Dostoiévski
Os demônios

Fiódor Dostoiévski
Um jogador

Fiódor Dostoiévski
Noites brancas

Anton Makarenko
Poema pedagógico

A. P. Tchekhov
O beijo e outras histórias

Fiódor Dostoiévski
A senhoria

Lev Tolstói
A morte de Ivan Ilitch

Nikolai Gógol
Tarás Bulba

Lev Tolstói
A Sonata a Kreutzer

Fiódor Dostoiévski
Os irmãos Karamázov

Vladímir Maiakóvski
O percevejo

Lev Tolstói
Felicidade conjugal

Nikolai Leskov
Lady Macbeth do distrito de Mtzensk

Nikolai Gógol
Teatro completo

Fiódor Dostoiévski
Gente pobre

Nikolai Gógol
O capote e outras histórias

Fiódor Dostoiévski
O duplo

A. P. Tchekhov
Minha vida

Bruno Barretto Gomide (org.)
Nova antologia do conto russo

Nikolai Leskov
A fraude e outras histórias

Nikolai Leskov
Homens interessantes e outras histórias

Ivan Turguêniev
Rúdin

Fiódor Dostoiévski
A aldeia de Stepántchikovo e seus habitantes

Fiódor Dostoiévski
Dois sonhos: O sonho do titio e *Sonhos de Petersburgo em verso e prosa*

Fiódor Dostoiévski
Bobók

Vladímir Maiakóvski
Mistério-bufo

A. P. Tchekhov
Três anos

Ivan Turguêniev
Memórias de um caçador

Bruno Barretto Gomide (org.)
Antologia do pensamento crítico russo

Vladímir Sorókin
Dostoiévski-trip

Maksim Górki
Meu companheiro de estrada e outros contos

A. P. Tchekhov
O duelo

Isaac Bábel
No campo da honra e outros contos

Varlam Chalámov
Contos de Kolimá

Fiódor Dostoiévski
Um pequeno herói

Fiódor Dostoiévski
O adolescente

Ivan Búnin
O amor de Mítia

Varlam Chalámov
A margem esquerda (Contos de Kolimá 2)

Varlam Chalámov
O artista da pá (Contos de Kolimá 3)

Fiódor Dostoiévski
Uma história desagradável

Ivan Búnin
O processo do tenente Ieláguin

Mircea Eliade
Uma outra juventude e Dayan

Varlam Chalámov
Ensaios sobre o mundo do crime (Contos de Kolimá 4)

Varlam Chalámov
A ressurreição do lariço (Contos de Kolimá 5)

Fiódor Dostoiévski
Contos reunidos

Lev Tolstói
Khadji-Murát

Mikhail Bulgákov
O mestre e Margarida

Iuri Oliécha
Inveja

Nikolai Ognióv
Diário de Kóstia Riábtsev

Ievguêni Zamiátin
Nós

Boris Pilniák
O ano nu

Viktor Chklóvski
Viagem sentimental

Nikolai Gógol
Almas mortas

Fiódor Dostoiévski
Humilhados e ofendidos

Vladímir Maiakóvski
Sobre isto

Ivan Turguêniev
Diário de um homem supérfluo

Arlete Cavaliere (org.)
Antologia do humor russo

Varlam Chalámov
A luva, ou KR-2 (Contos de Kolimá 6)

Mikhail Bulgákov
Anotações de um jovem médico e outras narrativas

Lev Tolstói
Dois hussardos

Fiódor Dostoiévski
Escritos da casa morta

Ivan Turguêniev
O rei Lear da estepe

Fiódor Dostoiévski
Crônicas de Petersburgo

Lev Tolstói
Anna Kariênina

Liudmila Ulítskaia
Meninas

Vladímir Sorókin
O dia de um oprítchnik

Aleksandr Púchkin
A filha do capitão

Lev Tolstói
O cupom falso

Iuri Tyniánov
O tenente Quetange

Ivan Turguêniev
Ássia

Este livro foi composto em Sabon,
pela Bracher & Malta, com CTP da
New Print e impressão da Graphium
em papel Pólen Natural 80 g/m² da
Cia. Suzano de Papel e Celulose para
a Editora 34, em maio de 2024.